飛躍青春系列
打出一片天
梁天樂 著 AsTer 圖
U0106449
山邊出版社有限公司

「飛躍青春」系列

打出一片天

作　　者：梁天樂
繪　　圖：AsTer
責任編輯：曹文姬
美術設計：李成宇
出　　版：山邊出版社有限公司
香港英皇道499號北角工業大廈18樓
電話：(852)2138 7998
傳真：(852)2597 4003
網址：http://www.sunya.com.hk
電郵：marketing@sunya.com.hk
發　　行：香港聯合書刊物流有限公司
香港新界大埔汀麗路36號中華商務印刷大廈3字樓
電話：(852)2150 2100　傳真：(852)2407 3062
電郵：info@suplogistics.com.hk
印　　刷：中華商務彩色印刷有限公司
香港新界大埔汀麗路36號

二〇一四年十一月初版
10 9 8 7 6 5 4 3 2 1

ISBN: 978-962-923-399-0

18/F, North Point Industrial Building, 499 King's Road, Hong Kong
Published and printed in Hong Kong

目錄

Contents

第一章　李龍大與「火爆熊」

身材嬌小的自萱緊握着一把粉紅色的球拍，她抬頭望着面前建築精巧的體育館，體育館旁矗立着氣勢雄偉的校舍，它的外牆刻着「華英才中學」五個樸厚勁挺的大字。

「從前的同學總是笑我五呎不到，不適合打羽毛球，可是誰想到我入選了在學界享負盛名的華英才中學的羽毛球校隊呢？」自萱沾沾自喜地道。

自萱眼珠一轉，想起一件不愉快的往事，當時她讀中一，在教室的座位上整理書本和筆袋，但筆袋不小心脫手跌在地上。

「啪嚓」一聲，筆袋剛巧跌在路過的男生的腳上。

「哎呀，你真不小心！」戴着一副黑色膠框眼鏡的男生抓起筆袋說道。

「不好意思。」自萱伸手想取回她的筆袋。

「你想要嗎？」眼鏡男故意抬高手，把筆袋置於自萱不能取回的高度。

自萱站起身，伸長手臂去抓，可是也摸不到她的筆袋。

「哈哈，原來你真的這麼矮，只及我的肩膀位置，你是侏儒麼？」男生輕佻地笑。

自萱怔住，感到無地自容。

「哈哈，別取笑人家了。」另一位男生推了眼鏡男生的腰一下。

「哼，以後小心點！」眼鏡男生將筆袋扔在自萱的枱上，轉身走到後排的座位去。

自萱看着筆袋冷冷的擱在枱面上，鼻頭酸楚，差點哭了出來。

自萱呼出一口氣，想到自己的成長過程一點也不易過，喃喃自語道：「淩辱事件在學校內屢見不鮮，唉，為什麼人們總是以強欺弱、以智淩呆呢？我想不明白！

是不是本身缺乏自信和一無是處，所以才靠欺凌別人來肯定自己？可是欺負別人傷害別人，造成別人永久傷害，這樣做對誰有好處呢？唉，別難過了，就將他們說的話當作是一種推動力吧！」

自萱戰戰兢兢地推開玻璃大門，步進大堂後再推門走進場館，偌大的場館裏設有四個標準的羽毛球場，旁邊是一排一排的觀眾席，今天是羽毛球隊開學後的第一次集訓，不少喜愛羽毛球的同學特意前來捧場。

自萱見到一位圓臉梳馬尾的女生站在一旁，手上也拿着一把粉藍色的球拍，看來她也是校隊的成員，自萱不怕冒昧地上前跟她打招呼。

「你好，我叫韓自萱，中四乙班，是新生，也是羽毛球隊的新成員。」自萱道。

馬尾女生睨着自萱，道：「什麼？你也是校隊的麼？可是你這麼矮！」

「從小至大，我都被人取笑我太矮小，根本不是打球的材料，但是羽毛球隊教頭蔣教練竟然招攬我入隊，真意外！」自萱掃一掃額前的短髮笑道。

「蔣教練不會隨便挑人入隊的，或許你有其他才能吧！我叫李維真，中三年級，由中一開始已經希望加入校隊，可是一直被拒，努力了兩年，今年終於如願被挑選入隊，哈哈！」維真樂呵呵地道。

「恭喜你啊！」自萱發覺維真性格爽直，一眼便喜歡她。

「你是新生，可知道我們學校最流行的運動就是羽毛球？加上中國隊於2012年的倫敦奧運會囊括五面羽毛球金牌，令羽毛球熱一發不可收拾，不少學生都渴望加入球隊。」維真道。

「對了，那年的中國羽毛球隊真是威風八面！五個項目的金牌得主都是明星級人物，包括男單的林丹、女單的李雪芮、女雙的趙雲蕾田卿、男雙的蔡贇傅海峯、混雙的張楠趙雲蕾，他們打法全面、攻防俱備，全部都是我的偶像。」自萱道。

「最令人難忘的絕對是男單決賽，林丹和李宗偉的對決迴腸盪氣扣人心弦，真是精彩絕倫！」

「李宗偉是一代球王，但總是跟奧運冠軍、世界冠軍失之交臂，真有種既生瑜，何生亮的感歎！」自萱道。

二人談得津津有味十分投契，卻在這時，場館忽然傳來一陣喧鬧聲，一羣女生齊聲大叫：「柳天俊柳天俊，球技了得你最勁！」

自萱和維真同時抬頭，看到一羣女生靠在觀眾席的欄杆前熱烈地向着台下的男生揮手歡呼，那是一位身材修長的男生，一身醒目的運動服，肩上托着一個巨型的羽毛球袋，他一邊步進球場一邊喜笑顏開地跟他的「粉絲們」打招呼。

「嘩！你好呀！」那羣女生欣喜若狂。

「他是誰？怎麼如此受歡迎？」自萱問。

「他是校隊的超級明星，叫柳天俊，球技外貌品格都是上上品，所以受到不少女生的追捧。他是中五生，專項是男單及男雙，他更是今年度成為校隊隊長的熱門人選之一。」維真道。

「隊長？」

「隊長地位崇高，角色就如助教一般，所有隊員都以隊長為首，故此隊長一般會由球隊裏最德高望重的成員來擔任，顧名思義就是球技最厲害的隊員！」維真道。

「除了天俊外，還有哪幾位是隊長的熱門人選呢？」

「有兩位，其中一位是中五年級的師姐，叫楊詠琴，別以為她是女生好欺負，不少男生也不是她的對手！她奪取的獎牌無數，諸如女單、女雙及混雙的金牌，她絕對有實力爭取成為隊長！」

自萱點點頭。

維真四處打量，不一會兒，她指着場館的角落，輕聲道：「那位魁梧黝黑的男生你要留意了，他叫潘雄泰，綽號『火爆熊』，是中五年級的師兄，他的球技跟天俊是伯仲之間，不過他脾氣很壞，傳言他動不動便會打人，故此你記着不要惹怒他啊。」

自萱盯着雄泰，他正在拉筋，他跟天俊一樣身材高大，可是他腰圓膀寬，加上他方臉濃眉細眼，表情木訥，果真像一隻大熊。

「他的樣子挺兇惡的，想必天俊比他受歡迎吧？」自萱問。

「沒錯！天俊性格平易近人，擁有明星一般的臉孔，綽號『華英才李龍大』，怎會不受歡迎？」

「哈哈，李龍大是韓國頂尖球手，於二〇〇八年以新秀的姿態，夥拍李孝貞於北京奧運會摘下混雙的金牌，之後他在男雙方面成績斐然。他俊朗瀟灑，是不少球迷心目中的白馬王子。」自萱道。

*　　*　　*

戴着鴨舌帽的蔣教練大步走進球場，他高大健壯，鶴立雞羣，他走到場中央，「嗶」的一聲吹響掛在頸上的哨子，所有成員及同學都靜下來，蔣教練聲如洪鐘地道：「所有隊員集合！」

「教練叫集合，我們快點上去吧！」維真拖着自萱的手臂走到場中央。

教練拿起點名紙看了一遍，道：「今年我們羽毛球隊共有六位新生加入，兩位是高年級生，四位是低年級生，請你們逐一自我介紹。」

「我叫李維真，大家可以叫我維真，我今年讀中三！」維真舉起手道，然後推自萱的肩膀一下。

自萱臉紅紅的，説道：「各位好，我叫韓自萱，大家多多指教！」

其餘新隊友逐一自我介紹，之後便輪到舊隊友。

「眾所周知，上年的隊長關永傑今年升上中六，已經正式提出退隊的申請，換言之，今年我們需要重選一位新隊長！選舉新隊長的方法很簡單，你們可以推舉任何一位隊員成為隊長的候選人，大家再作投票，最後加上候選人的羽毛球比賽成績，最高分數的便當選為隊長！」教練道。

眾隊員互相對望，他們心中有數，雖然設有投票機制，但比賽成績才是決定性的因素。

「不管校內還是公開的比賽成績，我們都會計算在內，金牌得三分、銀牌兩分、銅牌一分，故此過往贏得越多獎牌的便越有機會成為隊長。」蔣教練掃視在場每一位隊員，朗聲道，「提名候選人有兩星期的時間，公布候選名單後，你們有一星期的投票時間，與此同時，三個星期後，羽毛球隊會跟王道中學進行一次友誼比賽，當日我們會進行男單、女單、男雙、女雙及混雙五個項目，這也是大家爭取分數的最後機會！若想成為隊長，大家就要積極備戰！記住，只要朝着目標不斷地努力努力再努力，成功就在手裏！」

天俊呼出一口氣，暗地瞄一瞄雄泰，見到他一臉氣定神閒，似乎對比賽胸有成竹。

「此外，女隊的重心人物楊詠琴今年雖然只是中五，不過她希望有多些時間溫習功課，故此亦提出退隊的申請。寄望今年其他女隊員能夠像她一樣大放異彩，在對外的比賽裏為校爭光。」教練道。

眾隊員聽到這個消息後，都是一臉震驚和失落，因為詠琴是女中豪傑，她的退出對球隊來說是一個損失，因為她一直在學界裏取得很好的成績。

正式進行分組練習前，蔣教練先要求隊員跑圈和拉筋，之後蔣教練宣布分組名單，自萱竟然跟「火爆熊」雄泰同一組，雖然這一組還有其他三位組員，可是當自萱望到雄泰那張兇惡的臉孔時，內心便突突突地亂跳。

「你們四個分成二人一組，以半場先練習高遠球。」雄泰語氣堅定地道。

四名成員的年資都較雄泰淺，故此他們合作地走到場區分組練習對打；雄泰站在一旁觀察，偶然，他會走到場上，指導他們握拍、揮拍的技巧，然而表情一貫木訥。

良久，蔣教練來到雄泰這一小組視察情況，他先跟雄泰打招呼，道：「雄泰，你胖了一點，暑假時沒有節制自己嗎？」

雄泰抿嘴苦笑，道：「是吃多了，因為太貪吃。」

「你容易胖，必須留意，太重會妨礙跑動啊！」教練笑道。

「明白。」雄泰道。

「你本來的混雙拍檔詠琴今年退出校隊，你會否繼續打混雙？」教練問。

「除了男單之外，我還想兼打一項雙打，男雙或混雙都可以，最重要是找到合適的拍檔。」雄泰道。

「你有很強的扣球能力，我鼓勵你繼續打混雙，在你的這個小組裏，有一位新秀挺適合跟你配成一對混雙拍檔！」

雄泰揚起眼眉，轉臉看着場上的四位球員。

「韓自萱，你過來！」教練喊道。

「教練。」自萱走到教練和雄泰的跟前，卻只敢望着教練。

雄泰看到一位又矮又瘦的女生走過來，不禁倒抽一口涼氣。

「自萱，我挑選你入隊是因為你腳步靈活、處理網前小球很有特色，我想你跟雄泰配成一對混合雙打的組合！」教練道。

自萱一聽，下巴幾乎掉下來。

雄泰看到自萱一臉不屑，令他氣上心頭，道：「我剛才看過她打球，她力量不足，跟詠琴相差太遠，教練你想我培養新人嗎？」

自萱被當面批評，尷尬得臉龐灼紅。

「力量可以慢慢鍛煉，可是球感卻不易培養。相信我，她會為你製造不少進攻機會，前封後攻的戰術絕對是你們這個組合的最強武器！」蔣教練轉臉望着自萱，道，「只要不斷練習練習和練習，你一定會變得更強，你有信心麼？」

「我？」自萱張開嘴，又合攏。

「哼！」雄泰瞪着自萱，像是說：豈有此理！

自萱咬着下唇，默默忍受。

第二章　怕累的就滾回家去！

宏大的體育館內，迴盪着清脆悅耳的打球聲，羽毛球校隊的隊員正在場館操練，蔣教練將組員分成幾個小組，一組五個人，每組有一位小隊長，小隊長一般由資歷最深的隊員擔任。

自萱十分擔憂，因為「火爆熊」除了是她的小組隊長外，更是她的混雙拍檔。

「韓自萱，跟王道中學的友賽很快便舉行，我們必須加緊練習，知道嗎？」雄泰走到她的面前道。

「嗯。」自萱不敢直視身型龐大的雄泰，覺得他甚具壓迫感。

雄泰抿一抿嘴，不悅地道：「我要求很高，從訓練的時間、強度以及質量都十分嚴格！你要做好心理準備，怕累的就滾回家去。」

「是。」自萱的心一直在亂跳亂竄。

「你到場上去，我給你一些高遠球，你扣殺給我看。」雄泰舉起球拍指着前面的場區。

「啊，可是……後場扣殺不是我的專長。」自萱回應。

「若果對方將你調動到後場，你也要殺球，你總不能一直站在網前。」

「若我被調動到後場，我們可以快點換位，而且就算我被調到後場，我可用吊殺或者點殺來過度。」自萱道。

「我的拍檔必須有全面的技術，若果你只是一味拉拉吊吊，你打球來幹麼？別多說，叫你扣殺就扣殺！」雄泰大步走進球場，自萱則對着他的背影伸一伸舌頭。

雄泰擊出一個高遠球給自萱，自萱卻不用力扣殺，輕輕一點，羽毛球輕吊過網，掉在地上。

雄泰板起臉，粗聲粗氣地叫：「我叫你扣殺呀！你不懂得什麼是扣殺嗎？再來！」

雄泰再餵一個高遠球給她，自萱隨意拍打一下，來球軟弱無力的。

雄泰暴跳如雷，喝道：「你到底明不明白我的意思？」

「我早說過我的扣殺沒有作用。」自萱道。

「我只想看看你的力量，你可以認真一點嗎？」

自萱咬着下唇，心有不甘。

「再來一次。」雄泰用球拍勾起地上的羽毛球，「呼」的一聲，羽毛球彈飛到對面的後場區去。

自萱握緊球拍，豁盡全力把球打過去，「嗖」的一聲，自萱竟然打不中來球，羽毛球直接跌落在她的腳邊，是一記空氣球。

「瘋了。」雄泰緊握拳頭，憤怒的轉身走開。

自萱雙手垂下，感到難過，她有預感，這一年她在羽毛球隊的生活不會好過。

＊　　＊　　＊

往後的羽毛球隊練習，雄泰繼續跟自萱進行個別特訓，他的重點放在體能上，整個星期，他都不讓自萱拿起球拍打球，一直要求她進行各式各樣的體能鍛煉。

「現在來二百次快速交叉跳！」雄泰遞出繩子。

「什麼？我剛才已練習了持啞鈴蹲跳及兔子跳，你還要我跳到什麼時候？」自萱的運動服已被汗水沾濕了一大片。

「這些都是針對下肢的力量訓練，對你有莫大的好處。要贏出比賽，除了技巧外，還要有用不盡的體能。別囉嗦，二百次快速交叉跳，快！」雄泰索性將繩子扔到自萱的心口上。

自萱拿着繩子發呆，其他隊友在球場上興高采烈地打球，她卻像個沒有交功課而被罰留堂的學生。

「不要再休息了，比賽就是這樣，對方的攻勢一浪接一浪，不會容許你回氣，絕佳的體能是致勝的關鍵！」

「嗯，知道了。」自萱深呼吸一下，硬着頭皮揮動繩子跳起來。

小休時，自萱累壞了，竟不顧儀態地攤坐在地上，張開嘴大口大口地喝水，最後更是躺在地上歇息。

當雄泰走出場館後，維真上前關切地問：「你沒有大礙吧？「火爆熊」師兄似乎太過不近人情。他對待比賽的態度過分認真和執着，除了男單的金牌之外，他還想摘下混雙的金牌，看樣子，他想爭取多些分數，好讓自己當上隊長。」

「正如你所說，在隊員的投票方面，一定是天俊佔優，『火爆熊』只能靠比賽成績搶分數！」自萱道。

「嗯，詠琴師姐退出球隊，就只剩下天俊和雄泰師兄競逐隊長。這一定是場龍

爭虎鬥，不過雄泰這麼嚴格，真的不想他當隊長呢！」維真道。

自萱轉臉，看到天俊跟其他隊友談笑風生，比起雄泰的冷酷無情，二人天差地別。

「不用想，我一定會投天俊一票。」自萱喃喃自語。

休息時間一轉眼就過，雄泰走到自萱的面前，道：「起來，現在進行兩腿側分跳，做一百次。」

自萱瞠目，想不到又是另一項的下肢體能訓練。

「你以網前球手自居，但是網前球手必須能夠快速上網搓球、推球、撲球、勾球等等，上網步法包括跨步上網、墊步加蹬步上網、蹬跳步上網等等，所以加強下肢能力是當務之急！」雄泰道。

「可是我的雙腿真的很痠痛，今天的體能訓練能否暫告一段落？」自萱哀求道。

「我說過，怕累的就滾回家去！」雄泰理直氣壯地道。

自萱咬着下唇，倔強地盯着雄泰。

雄泰頓足，抿一抿嘴，道：「好，我跟你一起做。」

雄泰跳起，兩腿側分，上體稍稍向前傾壓，站下來又再躍起，然後再重複動作。

自萱揚起眼眉，想不到他竟然以身作則，心道：還以為他戲弄我。

「喂，你還不做？」雄泰催促道。

「知道了。」自萱用力撐起身，跟着雄泰跳到空中。

雄泰本身已經很高大，跳起時更像一個巨人，站在旁邊的自萱又矮又瘦，相映成趣。

自萱一邊跳一邊發覺自己的右腿有些拉扯，可是身旁的「火爆熊」正滿有力量地躍起，風聲獵獵，她不想認輸，唯有吸一口氣，咬緊牙關跳起及側分兩腿，卻在

這時，自萱的神經傳來一陣痛徹心扉的苦楚，她頓失平衡，「呯」的一聲跌在地上，她摸着右小腿，呻吟道：「抽筋了。」

自萱抽搐跌倒，隨即引起所有隊員的關注，蔣教練首先搶上，蹲下去一把脫去自萱的球鞋，用力替她按壓小腿。

「哎呀。」自萱疼得眼淚簌簌落下。

「雄泰，你這樣嚴格，這小女娃怎麼熬得住？混雙這面金牌真的對你如此重要嗎？」塌鼻子的隊友德昌忍不住道。

「對了，欲速則不達。」短髮的立星附和道。

「你們別吵了，返回場區繼續練習！」蔣教練道。

眾隊員沒趣地散開，剩下雄泰默默地看着教練替自萱壓腿。

「自萱要休息一會，你先跟其他隊員練習吧！」蔣教練冷冷地道。

雄泰抿一抿嘴，轉身走開。

*　　*　　*

月明星稀的晚上，在一間細小的屋子裏，自萱跟母親二人一起晚餐。這間房子不大，一張碌架牀放在房子一角，摺枱放在房子的中央，左上方是廚房，右上方是廁所。

「媽媽，我真倒霉，本來以為有幸加入羽毛球校隊，怎料卻要跟一隻『火爆熊』成為拍檔。他變態的，一直要求我進行下肢的體能訓練，蹬、跳、跨諸如此類，害我小腿抽筋！」

「做運動抽筋是平常不過的事，你要記着：工欲善其事，必先利其器。」自萱媽媽道。

自萱嘟起嘴巴，道：「難道媽媽認為『火爆熊』的做法正確嗎？」

「台上一分鐘，台下十年功！今天我讀到一則報道，指近年韓國的娛樂資訊已成為港人生活的一部分，當中不是沒有原因的。原來韓國政府早在90年代便全力支持文化事業，為了培育人才，不少韓國明星從小便開始接受訓練，所以不少藝人可能訓練了十年時間才正式出道！所以説一個人若要成功，勤力和努力是不可少的！唉，時移世易，從前八十年代，香港人追看無線電視劇，現在通通轉煲韓劇。」自萱媽媽搖頭歎息。

「哼，『火爆熊』不是韓國政府。」自萱想起「火爆熊」便一肚怒氣，禁不住匆匆地把碗裏的飯呼嚕呼嚕的掃入口中。

* * *

翌日，自萱因為小腿仍然隱隱作痛，步伐緩慢，故此提早出門。今天羽毛球隊沒有集訓，可是她的心裏仍然惦記着羽毛球。

當她經過學校附近的公共運動場時，她看到數個年輕人在球場上，有的在散步、有的在跑步，其中一個高大健壯的身影吸引了她的視線。她駐足細看，發現那男生穿上短褲背心，朝暉把他的棕色肌膚照得閃閃發亮，他正是雄泰。

「怎麼又是他？」自萱努一努嘴。

儘管對雄泰不存好感，自萱卻停下腳步，凝神看着他有節奏地跑步，他大步流星，表情輕鬆自在。良久，她眨一眨眼睛，拍一拍額頭，轉身揚長而去。

回到學校，自萱看到校隊壁報張貼了一張新的通告，那是有關羽毛球隊競選新隊長的消息，是次共有兩位候選人，分別是雄泰和天俊。

就在這時，自萱的背後傳來一把男聲響道：「天俊，果然只有雄泰跟你爭做隊長！」

「哈哈，那真是勢均力敵啊！」另一把男聲道。

自萱轉臉，看到羽毛球隊的師兄天俊、德昌和立星三個人站在她的後面高談闊論。

「啊，你不就是那位新秀自萱嗎？」立星指着自萱問。

自萱點點頭，道：「三位師兄早晨！」

「昨天你抽筋，現在還有沒有大礙？」天俊一臉關切。

「沒事了，昨天真丟架！」自萱道。

「雄泰好勝心特別強，做他的拍檔不容易，要努力啊！」天俊握起拳頭道。

「若果熬不住他的地獄式訓練，不妨告知教練，大不了由我跟你組成混雙拍檔，千萬不要啞忍！」立星挺起胸膛道。

「知道，謝謝你們！」自萱感動得捂着嘴巴，感到人間有真情。

放學後，自萱走到圖書館尋找課外書籍，她愉悅地穿梭於各層的書架之間，除了打球外，她最愛流連圖書館尋找喜愛的小說。

這天她漫無目的地遊走於書海之間，逛着逛着，不期然走到最後一排的書架前，一踏前便赫然發現一位高大的男生站在書架前，他將左手臂搭在架上，一臉專

注地閱讀，正是雄泰。

自萱連忙後退，把身體縮回書架後，心道：「想不到『火爆熊』也會看書，他在看什麼書？」

自萱靜悄悄地走到雄泰身後的書架前，挪開書本，偷窺雄泰正在看的書，那本書圖文並茂，原來是一本有關羽毛球技戰術的書。

「我要求很高，從訓練的時間、強度以及質量都是十分嚴格的！你要作好心理準備，怕累的就滾回家去。」自萱的腦際忽然響起雄泰說的話，她垂下頭，想到火爆雄早上跑步練氣、下午溫習球技，他勤學不怠，不禁令她自慚形穢。

自萱從書包中取出一張表格來，那是今天從校隊室取來的投票表格，上面寫着「請圈上你心目中的羽毛球隊隊長人選：潘雄泰／柳天俊」。本來她以為自己會毫不猶豫地選天俊，可是這一刻，她決定保留投票的權利，於是她將選票再次塞進書包裏。

第三章　啞火的進攻

華英才跟王道中學的羽毛球隊友誼賽還有一個星期便舉行，各成員勤奮不懈地練習，除了模擬的比賽外，還有體能的鍛煉、專門技巧的練習和鑽研各種戰術。不過，雄泰仍然堅持自萱反覆進行各種體能訓練，完全不讓她打球，可是自萱沒有任何抱怨，流着熱汗咬緊牙關去完成。

其他隊員嘖嘖稱奇，有人佩服自萱不屈不撓的精神、有人擔心她承受不起，亦有人不認同雄泰的所為。

直至正式比賽前的第三天，雄泰終於讓自萱上場跟他打球，自萱喜出望外，緊握球拍準備上場大展身手。

當自萱正要踏上球場時，雄泰又拉着她到場邊，道：「發球在混雙中是一項戰

術，發球的質量高低直接影響我們能否取得主動和得分。當你發球時，若接球的是女球員，那你的壓力會較少，但當接球的一方是男生的話，那就增加了發球的難度。」

「為什麼呢？」

「一般來說，男隊員的上網能力和第四拍的封網能力都比女生強，故此若果你的發球質量不好的話，那就會給男隊員一拍封死！故此你必須練好發球，培養出發好球的信心，守住這一關是成功的開始！」

自萱點點頭，想到發球時取不到分數，便不能擴大領先優勢，故此必須練好發球。

自萱還以為這次可以打球，怎料雄泰只是要求她練習發球，而且雄泰對發球的要求極高，又要貼網又要下墜得快，還要充滿變化，如不同的角度、不同的力度。

「若對手常常上網封殺你的發球，你便要發一些後場球，警告他不能再肆意上網。」雄泰道。

直至集訓結束，雄泰仍然不太滿意自萱的表現，要求她明天額外再練習發球。

自萱臉色驟變，心道：「他到底是什麼人？為什麼如此吹毛求疵？為什麼他不懂得體諒別人？我快被他悶死了，可惡！」

* * *

星期六陽光燦爛、雲淡天高，通向華英才中學體育館的小道擠滿了同學，因為今天是華英才跟王道中學兩間頂尖羽毛球校隊的友誼賽，故此今天雖是學校的休息日，仍然有不少關心羽毛球運動的同學魚貫前來捧場。此外，兩間校隊的啦啦隊早已來到球場整裝待發，他們佔據有利位置，預備哨子擂鼓為隊友助威吶喊，未正式比賽，現場氣氛已經一片喧囂，就像嘉年華一樣。

每年這個時候，兩間學校都會進行一次友賽，他們向來重視這次比賽，每次都會盡遣精英參賽，因這是一次試探式的交手，讓雙方知道對方的實力，從而在接着的一年設定訓練目標。

自萱穿上粉紅色的運動服走進校園，今天是她第一次代表校隊出賽，她感到十分緊張，所以昨晚失眠。

「自萱，早晨。」自萱的後面傳來一把男聲，自萱轉身，發現是師兄天俊。

「啊，怎麼你的黑眼圈這麼重？昨晚一定睡得不好了。」天俊道。

「嗯，雖然我只參加一項混雙，可是之前一味在體能訓練上用功，從沒有好好跟雄泰師兄合作過，所以有點擔心。」

「哈哈，雄泰的目標一定是冠軍吧！比賽時記得輕鬆些，緊張會影響手感，打得自然不好！對了，剛才我買寶礦力水，因為多買一點會便宜些，給你和雄泰一人一支，祝你們旗開得勝！」

「這怎麼行？我已帶了水樽！」自萱道。

天俊從背囊裏取出兩支寶礦力，塞進自萱的手中，道：「別介意！我先去場館更衣及熱身，稍後見！」

「嗯。」自萱拎着兩支寶礦力水特，道，「這位師兄未免太體貼了吧？」

自萱推開玻璃大門走進體育館的大堂，在壁報前駐足觀看賽程。今天的賽事分高級組及初級組，單打項目包括男單及女單，華英才與王道於兩個級別及兩個單打項目中分別派出四名選手出賽；而雙打項目包括男雙、女雙、混雙，兩間校隊則於各個級別及項目中派出兩隊參賽。比賽採取單循環淘汰賽制，首輪賽事，華英才的隊員只會跟王道的隊員比賽，譬如高級組的男單比賽，華英才的四位男隊員只會跟王道的四位隊員比賽，贏出的便晉級下一輪的賽事，如果華英才四位男隊員在第一圈的比賽全部勝出的話，那便代表王道的男單全軍覆沒，故此被挑選出來作賽的隊員，必屬精英中的精英，為了個人及學校的名聲，各位隊員定必奮力一戰。

自萱先查看混雙比賽的時間表，發現距離比賽還有一個多小時，時間充裕，她

不禁呼出一口氣。之後她再察看男單的比賽進程，見到雄泰被安排在上線的第一場比賽，還有五分鐘便開賽。

「別人都說雄泰跟天俊勢均力敵，不知道他們可會有機會對碰呢？」自萱心道。

在男單的進程表上，天俊被安排在下線，換言之，他們必須在八強及四強的賽事中順利晉級，二人才會於決賽會師。

自萱轉身準備走到更衣室，冷不防背後站着一位高個子，差點跟他撞上。

「對不起！」自萱後退一步，抬頭一看，那人竟是一頭亂髮的雄泰。

「我什麼時候出賽？」雄泰大汗淋漓氣喘吁吁，似乎是跑了一段不短的路程趕來的。

「你的男單比賽在五分鐘後便開始，怎麼你還在這裏？」自萱問。

「我的鬧鐘壞了，害我睡過頭，連早餐也來不及吃，幸好沒有誤了比賽。」

「你是跑來的吧？嘿嘿，就當作是熱身吧！要我替你買兩個麪包做早餐嗎？」自萱問。

「嗯，好的。」雄泰瞥見自萱手上的飲品，道，「先給我一支寶礦力可以嗎？我口渴極了！」

「兩支都給你！你快去報到吧！」自萱將兩支飲料交給他。

「謝了！」雄泰轉身推門跑進球場去。

自萱看着他狼狽的身影消失，「噗哧」一聲，笑了出來，喃道：「平日的『火爆熊』總是一臉嚴肅，想不到他也有冒失的時候。」

當自萱從麪包店買麪包返回學校場館的時候，雄泰的比賽已經完結，進程表上寫着雄泰以直落兩局 21：8 及 21：13 橫掃王道的對手，晉級八強。

POHARI
POHARI

「雖然睡過頭，可是狀態不錯啊！」自萱嫣然一笑。

就在這時，雄泰跑到自萱的身前，急不及待的取去她手上的麪包，狼吞虎嚥起來，他邊吃邊道：「你笑什麼？」

自萱揚起眼眉，驀然想起自己不是一直討厭他麼？怎麼還替他買麪包？怎麼他勝出比賽還替他高興？

不消一會，雄泰已把兩個麪包吃下，他拿起寶礦力，骨碌骨碌地喝下去。

雄泰以手背抹一下嘴角，道：「我們的混雙比賽稍後便開始，我們到一旁熱身。」

「可是在這場混雙比賽前，你還有一場男單的八強賽事，你不用準備嗎？」自萱問。

「我的八強對手是王道中學的陳志強，我十分熟識他的打法，他是個防守型的球手，跟我的進攻型打法完全不同，這是一場攻防大戰。不過他從未贏過我，不用

擔心。」雄泰道。

二人走到熱身場區進行對打練習，不過，練習至中段時，雄泰的臉上不時流露出不適的表現，最後還要到洗手間去。

當場館的廣播宣告雄泰跟陳志強的八強戰作第一次召集時，雄泰仍然未從洗手間裏返回球場。自萱憂心忡忡地站起身，一時四處踱步，一時望着大門方向，擔心雄泰會錯過比賽。

「代表華英才中學的潘雄泰同學，請到二號場地參加八強的比賽！」場館的廣播催促道。

當廣播發出最後召集的訊息時，臉色蒼白的雄泰才緩緩走進球場，隊友看到他後連忙引領他到二號球場進行比賽。

自萱留意到雄泰眼神游離，跟平日那氣定神閒滿有信心的樣子完全不同。

比賽開始，雄泰先控網，迫使對手放高球，然後他便後躍扣殺，呼一聲，羽毛球虎虎生威地打落在對方場區，得分。

之後，雄泰以淩厲的進攻打亂志強的防守節奏，故此積分一直由雄泰領先，可是就算雄泰主動得分，他也沒有特別興奮的舉動，贏了一球反而垂頭喪氣的，還不時撫着肚子。比賽節奏明快，雄泰迅速地以21：9勝出第一局。

第一局結束後，雄泰跟裁判聊了幾句之後，便匆忙的跑出場館。比賽時，很少球手會中途離開會場，況且雄泰氣勢正盛，沒理由不把握時機一鼓作氣打下去。

「雄泰出了什麼問題呢？身體不適？」自萱如坐針氈。

良久，雄泰面無人色的返回球場，裁判詢問雄泰能否繼續比賽，雄泰點點頭，握着球拍走進場區，裁判宣告第二局的比賽開始。

第二局，雄泰還是以強攻為作戰手段，可是力量明顯下滑，扣球的力量及速度

都不像第一局那麼重和快，故此擅於防守的志強逐漸掌握比賽的節奏，他先防住雄泰的進攻，然後再作反擊。雙方來回打球的拍數越來越多，雄泰因此暴露出移動能力較慢的破綻，分數亦被對手逐步拋離。

分數落後，雄泰焦急起來，他嘗試加強力度進攻，可是對方越防越有信心，加上雄泰的力量大不如前，最後志強憑着耐心的防守型打法，在第二局以 21：16 扳回一局，雙方打成平手，要在決勝局分出勝負。

第三局開始，稍作休息的雄泰表現勇猛，以強攻取了兩分。可是志強知道對方體力出現問題，故此有意跟他打相持球，不停前後調動對手，使雄泰不容易全力強扣。雄泰打得不順心，勉強進攻時又被對手抵擋住，令他難以取分。

「雄泰主要靠強攻得分，可是現在他的扣殺沒有威脅，得分手段被對手瓦解，這如何是好？」自萱擔心地搓揉雙手。

志強把球打到雄泰的後場區，雄泰咬緊牙關，後躍扣殺；志強完全無懼對方的進攻，球拍輕輕一揮，輕易地化解了他的進攻，並且將球打到他的對角線上；雄泰大吃一驚，匆忙地由右場區跑到左場區，勉強把球擊回；對方早已站在網前，一拍封死雄泰的回球。

雄泰呼出一口氣，他從沒有視志強為對手，可是今天的比賽已由對方掌控，他不斷地在場上奔跑救球，被對手玩弄於股掌之中。志強不敢鬆懈，繼續限制雄泰的發揮，加上雄泰見球就接就擋，沒有反擊能力，所以分數亦被志強越拉越遠，結果在第三局，雄泰再以 12：21 告負，於八強止步。

華英才中學的同學看到雄泰落敗，而且輸得十分難看，不禁感到失望。

「啊，想不到我們最強的男單竟然在八強出局，今次的男單冠軍會否落在王道的手中？」現場的同學議論紛紛。

「幸好還有天俊在下線守住，希望他能為我們保存顏面！」

「雄泰本來是羽毛球隊隊長的熱門人選，這場敗仗或許會令他丟了隊長的位置！」

「或許是壓力太多，影響他的發揮吧！」

雄泰落敗後，一個人落寞地坐在一角，他一臉頹唐。自萱在遠處凝望着他，欲上前安慰，卻又停住。時間一分一秒的過去，她跟他的混雙比賽亦即將舉行，最後她還是鼓起勇氣，走到雄泰的身前。

「你怎麼了？發生了什麼事？」自萱問。

雄泰抬起臉，怒目而視，道：「明知故問，是你害的！」

「什麼？跟我有什麼關係？」自萱怦然心跳。

雄泰揚起眼眉，問：「你那樽寶礦力有問題！我飲的時候，其中的一樽是曾經打開過的，你放了什麼下去？我剛才一直拉肚子，拉至幾乎虛脫，怎麼還有力氣打球？你是報復嗎？」

「什麼？你不要含血噴人！況且寶礦力不是我的，是天俊師兄給我的……不過天俊師兄人品不錯，不像會陷害別人。」

雄泰霍然站起，憤懣地站在自萱的身前，大聲道：「你竟然將他的東西給我喝？你這笨蛋！」

「或許不是飲品有問題呢！其實你吃東西吃得這麼急，腸胃容易不適，我建議你先看醫生，莫要錯怪了別人！」自萱道。

「神經病！」雄泰怒吼，憤憤不平地坐回在凳上。

「高級組第二場的混雙比賽第一次召集，請華英才中學的潘雄泰跟韓自萱和王道的劉志峯跟蘇小鳳到三號場地報到。」現場廣播宣布。

自萱的心七上八下，輕問：「我們還要比賽嗎？」

「還打什麼？我們的打法是後攻前封，可是我的進攻已經啞火，根本沒有威力，你看到我剛才怎麼被對手愚弄嗎？我不想再有第二次！」雄泰怒目圓睜。

「我們可以對調位置，由我在後場主攻，你在前場封殺。」自萱道。

「就憑你那些拉拉吊吊的功夫？你別異常天開了，你沒有能力撕破對方的防守！我早說過你需要加強你的扣殺能力，你卻不聽！」

「那麼我們改以守中反攻的打法吧！沒有試過怎麼知道不行呢？」

「不，我選擇退出！」雄泰決絕地道。他站起身收拾東西，把毛巾球拍塞進大袋子裏，怒沖沖地走出場館。自萱欷歔，雄泰向來以他的強攻自居，可是今天無法發揮，更被對手打至落花流水，嚴重傷害了他的自尊心，最後更放棄比賽。失去了拍檔，自萱只能不戰而降，原來雙打必須兩個人有共同的想法和心意才行，她萬萬想不到加入校隊的第一場比賽，竟是這樣的結果。

第四章　恥辱的懲罰

朝日初升，自萱在家吃過簡便的早餐便上學去，她一臉悶悶不樂，仍為上次羽毛球隊的友賽耿耿於懷。當她經過校隊室外面的壁報板時，發現上面刊登了兩張新的通告，一張是熱烈恭賀華英才中學的羽毛球校隊在與王道中學的友賽中獲得好成績，於高級組囊括了男單、女單、男雙三面金牌，並於低級組奪得男單、男雙、女雙三面金牌，總共豪奪六面金牌，成績驕人。

另一張通告則是公布新一屆的羽毛球隊隊長的消息，新任隊長正是中五甲班的柳天俊，他不但獲得較高的投票率，而且他於上次的友賽中奪取了男單金牌，理所當然地成為隊長。通告上還印上天俊打球時的英姿，猶如體育明星一般。

就在此時，自萱的身旁有兩位男同學在侃侃而談：「真厲害，羽毛球校隊在友

賽中取得了六面金牌！不過主將雄泰在兩項賽事中食白果，真是意料之外。」

「人們都說今年將是雄泰跟天俊正面交鋒的一年，今次天俊不但贏了男單金牌，還登上隊長寶座，聲勢一時無兩！」

「天俊已成為羽毛球隊新的領軍人物，雄泰要超越他，必須加把勁！」

驀地，自萱想起雄泰的一句話：「你竟然將他的東西給我喝？你這笨蛋！」

「雄泰一口認定是飲品出現問題，卻沒有懷疑麪包有問題，難道當中真的另有文章？」自萱胡思亂想。

放學後，羽毛球隊集訓照常舉行，自萱一早來到場館熱身，趁其他隊員還未到，她獨個兒在小腿上綁着沙包跑圈鍛煉。

「雄泰要求我有上佳的體能，這是正確的，要在比賽中取得好成績，刻苦的體能訓練是不可缺的。要讓他對我有信心，我必須有好的表現！」自萱想。

不一會，越來越多隊員及觀眾來到場館，有的坐在一旁休息，有的進行熱身。

忽然間，場館的門口傳來一陣喧鬧聲，原來是新鮮出爐的隊長天俊駕到，眾隊員連忙搶前熱情地歡迎他，而天俊則笑容可掬地跟隊友打招呼。

「天俊，我們的新任隊長，歡迎你！」

「恭喜你成為男單冠軍，你實至名歸！」

「要好好跟我們切磋球技啊！」

「今年的球隊靠你帶領，一定要打出好成績！」眾球員眉飛色舞地響應道。

「呯」的一聲，大門再次打開，走進來的是高大黝黑的雄泰，他看到門口擠滿了人羣，不禁怔住了。其他隊友看他一眼，旁若無人地把視線轉回到天俊的身上，更沒有人讓路給他，雄泰側着身體好不容易才能從人堆中鑽出來，他抬起頭，剛好跟站在不遠處的自萱相顧對望，他抿一抿嘴，垂頭走到一旁做熱身運動。

自萱心頭苦澀，這就叫勝者為王敗者為寇，加上雄泰一向自視過高，人緣欠佳，所以沒有人會雪中送炭。

訓練正式開始，新任隊長天俊吹響哨子，召集所有隊員圍圈站立，他朗聲道：「今天蔣教練要開會，不會出席訓練，故此由我擔任代教練。」

「拍拍拍！」眾隊員一同鼓掌歡呼。

「多謝大家投選我成為今年度的隊長，我會努力做好隊長的角色，更會盡我最大的努力參加比賽！與此同時，希望大家也盡力比賽，為校爭光！」

「好呀！隊長萬歲！」眾隊員再次熱烈地拍掌。

「為了鼓勵大家於比賽中取得好成績，蔣教練提出一個新的措施，那便是上次在友誼賽中，於首圈出局的隊員，需於本月的訓練後負責清潔場地的工作。」

雄泰首先發難，怒罵：「什麼？你這是什麼意思？」

「嗯，意思就是於首圈出局的隊員需於練習後作清潔訓練。」天俊道。

雄泰緊握拳頭，狠狠地盯着天俊；天俊卻揚起眼眉瞟着他，甚有挑釁的味道，一時間場館的氣氛緊張起來，雄泰似乎就要撲上去打他一拳。

「為什麼雄泰這麼憤怒？他在男單的比賽中闖進了八強，這個懲罰應該跟他無關吧？」有隊員不明所以地問。

「不過他跟自萱的混雙比賽在首圈不戰而降，當天他輸了男單後便拂袖而去，這件事令教練相當不滿。」另一位隊員道。

「可是雄泰曾經為校取得不少獎牌，如此德高望重，這種懲罰似乎太委屈他了！」

自萱咬着唇，鼓起勇氣站出來，說道：「那場混雙比賽的退賽，完全是因為我能力不足的關係，故此我會一力承擔這個懲罰！」

眾隊員一聽，吃驚得下巴都落下來。

「想不到雄泰你有一個這麼有義氣的拍檔！不過你真的願意讓一個女孩子承擔

所有責任嗎？」天俊目光炯炯咄咄逼人。

雄泰的肩膊放軟下來，看向別處道：「退賽是我的主意，我願意接受懲罰。」

自萱捂着嘴，道：「雄泰，你何必這樣？當天你身體不適，所以影響發揮……」

雄泰右手一揚，斬釘截鐵地道：「不用多說，大丈夫能屈能伸！」

「很好！」天俊換一口氣，道，「各位隊員，今天我們先做三十分鐘的體能訓練，之後分組練習發球，包括正手發球及反手發球，有空餘時間就來場比賽吧！」

整天的練習，隊員們都在竊竊私語，談論的都是雄泰，指他地位不保，相反天俊成為球隊裏炙手可熱的明日之星，故此整天的訓練，天俊都是一臉喜形於色，雄泰卻一直面有慍色。

集訓後，剩下四位被罰留堂的隊員在一片狼藉的場地上負責清潔，四位隊員除了雄泰和自萱外，還有低級組的李維真和范小柯。

場館靜悄悄的，只有窸窸窣窣的打掃聲，自萱跟雄泰各自拿着掃帚由寬大的球場兩端開始打掃。原來練習時丟下的羽毛十分難掃，特別是那些被折斷成細小一塊的羽毛，自萱專心致志地一邊掃一邊往後走，一不小心，竟撞上了同樣專心打掃的雄泰，二人轉身一看，不禁面面相覷。

「不好意思，累你受罰。」自萱道。

雄泰抿一抿嘴，道：「一直以來，我都是拿着球拍站在球場上，拿着掃帚卻是第一次！」

自萱噗哧一聲，笑了出來。

雄泰張開嘴，猶豫一會，問：「我對你這麼兇，為什麼你還要幫我？」

自萱語塞，看向別處道：「因為我們是拍檔啊！」

雄泰仔細看着自萱的輪廓，發覺她有一雙眼如秋水的大眼睛，加上一張蘋果

臉，像一個洋娃娃。

「喂，自萱，別阻着我們拖地啊！」維真拿着地拖喊。

自萱轉身，看到維真跟小柯在拖地，這才想起她跟雄泰負責掃地，維真小柯則負責拖地，他們一個拿濕地拖，一個拿乾的在後面抹濕了的地方，防止有人滑倒。

「不好意思！」自萱拿起掃帚和垃圾剷跟雄泰走到一旁。

之後，他們再到觀眾席上打掃，忙了半小時，四個人總算把地方打掃得光潔明亮。

低年級的小柯趁這時走到雄泰的跟前，道：「雄泰師兄，我叫小柯，能夠跟你一起受罰，真是我的光榮。」

「嗯？」雄泰瞪大雙眼。

維真拉着自萱走到小柯的身旁，道：「師兄，我叫維真，其實我一直也不敢跟你說話，不過自萱說不怕。我知道你上次只是表現失準，這根本不是你的實力。」

雄泰抿嘴一笑。

「我在第一圈出局，分明就是我的能力不濟，所以若果雄泰師兄願意教我一招半式的話，相信我會有進步！」小柯道。

「下次吧！避免弄髒地方，又要清潔。」雄泰道。

「那也要教我啊！」維真雀躍地道。

「哼，我是十分嚴格的。」雄泰一本正經地道。

「我也跟自萱説師兄你太嚴厲了，可是自萱反而説：『棒下出孝子、嚴師出高徒』。我也認為這個不無道理！」維真道。

「喂，你別隨便複述別人的話！」自萱面紅耳赤的。

雄泰看到自萱的臉像一個又大又紅的蘋果，禁不住抿着嘴笑。

清潔的工作完畢後，自萱走進浴室，扭開花灑，讓水花直接沖灑到頭上，不知

道為什麼，當她見到雄泰時，她的內心總是呯呯直跳，此刻跟他一起被罰做清潔，她竟然一點也不覺得辛苦，而且二人的距離好像越拉越近，近得差點令她無法呼吸。

沐浴後，自萱換上便服，梳理好頭髮，拎起書包離開更衣室，當她走進體育館大堂時，發覺大堂安靜肅穆，加上玻璃門後的場館已經關上燈，幽邃暗黑，令她渾身汗毛豎起。

「若果有人陪我一起離開校園，那多好。」自萱又再想起雄泰。

哐啷一聲，自萱的後面忽然響起聲響，把她嚇了一跳，她摸着胸口轉身一看，見到一個高大的背影站在汽水機前，他蹲下身拾起飲品，緩緩轉身，那人腰圓膀寬濃眉細眼，正是雄泰。

自萱張開嘴，怦然心動；雄泰大步走上前，向自萱遞上一罐寶礦力。

「嘿嘿，又是寶礦力，你還敢喝嗎？」自萱甜絲絲地接住飲品。

「怎麼了？你終於相信我的話了嗎？」雄泰打開手中的飲品，大口的喝下去。

二人走出校門，天色已經暗下來，一彎新月掛在夜空上，微黃的街燈為二人照着前路。雄泰自萱安靜地踏着石路向前走，自萱抬頭看他一眼，又垂下頭；雄泰低頭看自萱一會，又看向別處。

雄泰抿着唇，憤憤不平地道：「今次我恥辱性大敗，還要接受清潔場地的大懲罰，令我十分不爽，真想打人出一口惡氣！可是我知道，我一定可以東山再起！」

自萱心往神馳，十分欣賞雄泰的這份自信。

「三個月後便舉行校內羽毛球公開賽，我要奪取男單及混雙兩面金牌！」雄泰滿懷豪情地道。

「俄國作家托爾斯泰說：『只要堅定不移地向着目標前進，就一定會達到目的。』你一定要堅持啊！」自萱道。

雄泰用力搭着自萱的肩膊，認真地道：「我們要一起努力，戰鬥到底。」

自萱怔怔地望着雄泰，深刻地從他的掌心裏感受到他那充沛的力量，令她的心靈震盪，久久不能平伏。

第五章　天衣無縫的一對

在擺滿一層一層書架的圖書館裏，雄泰戴上耳筒坐在電腦前，全神貫注地觀看中國球手諶龍跟馬來西亞球手李宗偉的比賽。決心三個月後捲土重來的雄泰，連日來積極備戰，他除了在書籍中鑽研外，更不斷翻看男單好手的影片，學習他們的手勢、身法、技巧和部署，此外，他亦着重體能的操練，加強力量與耐力。

在校隊集訓時，雄泰亦積極跟自萱備戰混雙的比賽，他努力鑽研混雙的戰術，然後跟自萱分享。

「培養戰術意識就等於打仗時的作戰部署，沒有明確的戰術意識，只是一味亂衝亂跑，最終只會輸球。戰術意識有三個重點：首先，運用各種技術時，必須知道它的目的；其次，就是預見性的行動，預測可能發生的情況，並有應付的辦法；最

後就是判斷的準確性。」雄泰道。

「這些真的需要好好培養，不過出手的隱蔽性亦很重要，我務求於出手的一瞬有變化，虛虛實實真真假假，令對方判斷失誤。」自萱道。

「攻其不備的想法很好！若你能在網前做出各種變化，便能為我製造進攻機會。中國不少女球手如趙雲蕾、馬晉、包宜鑫贏了一球後，都會大喊一聲，不但能提高士氣，也能在氣勢上壓倒對手，這方面你可以學習。」

「嗯，我會嘗試的。」

「在場上互相鼓勵也十分重要，有時候我的腦筋會打結，你要適當地提示我，如拍一拍我。當然，若果我打得好，你也要讚賞我。」雄泰道。

「嗯，知道。」自萱嫣然一笑。

從前都是雄泰作命令式的指導，自萱只有言聽計從，可是現在不一樣了，雙方有商有量，關係有了微妙的變化。

*　*　*

隨後的日子，雄泰自萱小柯維真四人於集訓後繼續留在場館負責清潔，他們分工合作，有人拆下球網、有人收拾羽毛球、有人掃地、拖地和打掃觀眾席。本來他們不太接受這些工作，可是當他們四人相處的時間久了之後，他們亦漸漸習慣，他們不會急於清潔，反而會趁場地空着趁機切磋球技。

就像這天，待全部隊員離開球場後，雄泰提議四個人來一場混雙比賽。

「我跟自萱是拍檔，當然要配成一組多練習培養默契，雖然維真跟小柯不是正式的混雙組合，不過若果你們打得好，可能教練會將你們配成一對。」雄泰笑道。

自萱、維真跟小柯同時點頭叫好。

現場沒有觀眾，加上這只是一場練習比賽，故此四人打得異常輕鬆，維真小柯抱着學習的態度，而雄泰和自萱則利用這機會將學到的技巧與戰術付諸實踐。

自萱在網前表現積極主動，佔盡先機，她多次在網前攔截對方的來球，令對手

措手不及，當他們的回球質量不夠好時，站在後場的雄泰便躍起用力扣殺，呼呼呼的殺球聲此起彼落，小柯和維真往往抵擋不住。

雄泰的重扣勢如破竹快如閃電，叫小柯維真聞風喪膽；自萱的球卻不講求力量，常常以拍面輕搓或輕點，教小柯維真動彈不得。雄泰剛烈迅猛、自萱輕柔靈活，二人的節奏截然不同，一剛一柔一重一輕，配合得天衣無縫。

「小柯，幸好我們不是一對組合，我們全無默契，完全不是他們的對手啊！」維真舉手投降。

「我也從沒看過他們合作打球，他們真是太厲害了！」小柯道。

「今後我向自萱學習網前技術，你就跟雄泰師兄學習後場重扣吧！喂，你們不會反對吧？」

雄泰和自萱對望一眼，同時點頭一笑。

*　　*　　*

天俊自成為羽毛球隊的隊長後，走到哪裏都受到同學的歡迎，他們對新隊長寄予厚望，期望他能在新的一年，帶領華英才中學奪取更多榮譽。與此同時，羽毛球隊教練蔣老師將不少重任交托給他，例如讓他在集訓時擔起助教的角色，以及讓他協助籌辦校內羽毛球公開賽。

在校隊裏，本來跟天俊不相伯仲的雄泰，近日在球隊裏越來越低調，蔣教練初時亦會跟雄泰寒暄，可是雄泰不忿教練要求他進行清潔的懲罰，故此他對教練的態度十分冷淡，之後教練也不再理會他；其他隊員也不喜歡雄泰那張冷酷的臉龐，故此對他敬而遠之；雄泰我行我素，平日只跟自萱、維真和小柯說話。

這天集訓後，雄泰等人留在場館做清潔，天俊、立星跟德昌站在一旁觀看着他們，雄泰臉色鐵青，背着天俊他們動也不動。

自萱知道雄泰不想在天俊面前掃地，為了不想令雄泰難堪，她走到天俊的跟

前，道：「天俊師兄，你們是不是還要練習？若是這樣，我們稍後再回來打掃可好？」

「不用了，我們只是來看看你們打掃的情況，沒有惡意的，你們不用理會我們，只管做你們平日的工作可以了。」天俊笑容可掬地道。

自萱跟維真打一個眼色，維真上前跟雄泰耳語，道：「師兄，你到洗手間一會，這裏由我們處理可以了。」

雄泰明白自萱她們是在保護他，但他不想成為逃避現實的儒夫，故此他橫眉冷眼，道：「我沒事，繼續！」

雄泰拿起掃帚，像往常一樣從左邊場區掃地；自萱張開嘴，轉身跟天俊道：「那我不阻你了。」

自萱轉身從右邊的場區開始掃地，維真跟小柯對望一眼，連忙拿起上前收拾球網。他們四人早對清潔工作習已為常，只是今天多了三位不速之客，但當他們放開枷鎖後，他們便如常羣策羣力地工作。不一會，四人便合力把整個場館整理得井井有條。

「天俊師兄，我們沒有躲懶，可以跟教練讚美一下我們嗎？」維真問。

「嗯，好的。」天俊揚起下巴，向立星和德昌示意離開，三人拿起背囊，推門離開場館。

當天俊等人離開體育館後，天俊馬上收起笑容，面容變得嚴肅起來。

「天俊，你刻意安排雄泰做清潔，本來想挫敗他，但一點都不奏效。」立星道。

「不錯，就算我故意看着他打掃，他也沒有發怒，我真是低估了他的忍耐力！」天俊道。

「他還趁機建立了黨羽，自萱他們十分支持他，唉，無端端助長了他的勢

力！」德昌道。

「我知道他現在忍辱負重，等待機會以臥薪嘗膽的氣魄和毅力來擊倒我！哼，我才不會坐以待斃，今年度羽毛球隊的風雲人物，一定是我柳天俊，絕不會是其他人！」天俊語氣堅定地道。

第六章　放棄夢想

日薄西山，羽毛球隊的成員拖着疲累的身體陸續離開體育館，寬敞的場館裏靜悄悄的，只剩下雄泰自萱等人在打掃清潔，不經不覺，一個月的清潔大懲罰轉眼便過，今天是雄泰等四人最後一次負責場地清潔的工作，他們依依不捨，因為他們在這個月裏從清潔到打球都是四位一體，他們互勵互勉，友誼從中建立起來。

「今天之後，我們便不用再打掃了，不如稍後我們去喝一杯慶祝好嗎？」維真問。

「好啊。」雄泰首先回應，自萱和小柯也點頭附和。

「雄泰師兄，以後你還會不會教我們打球呢？」維真問。

「當然。」雄泰道。

「真的嗎？別騙我們啊！」維真隨即放下地拖，上前抓着雄泰的手臂，道，「你可以教我正手突擊殺球嗎？」

自萱眼珠一轉，凝神盯住維真的舉動。

雄泰抿一抿嘴，放下掃帚，走到維真的身邊指導她握拍和揮拍的動作，雄泰有時候會提着維真的手，有時候又會按着她的肩膊。

自萱嘟長嘴巴，一邊拿着掃帚打掃，一邊喃喃地道：「這些基本功，用不着向別人請教吧！」

小柯看到自萱悶悶不樂的，上前道：「師姐，不如你休息一會，讓我一人處理餘下的工作吧！」

自萱掩着嘴，忙道：「不，我沒事。」

「其實我十分欣賞師姐你處理網前小球的技術，你可以教我怎麼把球搓得更貼網呢？」

「啊，這個必須多練習，而且在握拍上有一定的方法，讓我示範給你看。」自萱走到一旁拿起球拍教小柯握拍的方法。

自萱的舉動立即引起雄泰的注意，當他見到自萱捉着小柯的手時，他不禁蹙起眉頭，跟維真道：「今次的教學到此為止，現在先做清潔。」

雄泰三步併作兩步的走到自萱和小柯的身邊，響道：「自萱，憑你這三腳貓功夫，怎麼好意思教人？你不要誤人子弟。」

小柯一臉訝異，自萱卻羞得臉紅耳赤。

「時候不早了，快去打掃！」雄泰一本正經地下令。

自萱努着嘴放下球拍，怒沖沖地拾起掃帚掃地，更把羽毛掃到半空中亂舞；雄泰看到後，忍不住偷笑。

「呼」的一聲，玻璃大門打開，德昌走進場館，大聲道：「雄泰，教練有事找

你，請你到校隊室一趟。」

「我還未完成清潔工作，叫他等等吧！」雄泰道。

「不打緊，這裏由我們負責可以了。」小柯道。

「不錯，你放心去吧。」維真道。

雄泰看着自萱，剛好自萱也望着他，二人面面相覷，自萱嘴巴一扭，別開臉不理他。

雄泰笑瞇瞇地道：「好吧！我會儘快趕回來，記得稍後一起下午茶。」

雄泰大步走出體育場館，德昌在後面跟着他。

自萱維真小柯三人繼續埋首打掃，本來分成四份的工作，現在由其餘三人攤分負責，他們不介意多做一些，只是覺得空蕩蕩的場館少了一個人有點不習慣。他們一直以雄泰為中心，他最有主見，而且年紀最大、身型最高、球技最高，所以他不在，就像一艘船不見了船長。

良久，自萱等人已把場館清潔得妥妥當當，可是雄泰還未回來，他們坐在一旁等待他回來，各人都是一臉悵然若失。

「到底蔣教練找雄泰師兄談什麼呢？怎麼這麼久還不回來？」維真問。

「坦白說，對師兄來說，現在是他落難的時間，但是這樣反而讓我認識他，原來他不難相處，他只是性格比較剛強，真希望其他同學明白他，不再排斥他。」小柯道。

「對了，我也因為傳言一直誤解他，他一點都不可怕。」維真道。

「不招人妒是庸才，雄泰就是因為有能力，故此有些人為了達到某些目的，不惜一切地去抨擊和詆譭他，盡力減低他的威脅性。」小柯道。

自萱忐忑不安，看着雄泰的背囊冷冷的擱在長凳上，不安的情緒油然而生，她猛地站起身，道：「我出去一趟。」

自萱走出體育館，陽光即時射進她的眼簾，她瞇起眼睛，喃喃地道：「不如到校隊室走一趟……但是教練找雄泰又有什麼好擔心呢？」

卻在此時，她聽到一把聲音在轉角處響起來：「怎麼樣？啊，真的出手了？還給老師逮個正着？哈哈，那麼雄泰這次休想再翻身……自萱他們還在場館裏面，一點異常也沒有，那我現在就撤退。」

自萱上前察看，竟然看到立星躲在一角使用手提智慧電話，自萱大聲喝問：「立星，你剛才說什麼？你為什麼會在這裏？」

立星大吃一驚，拔腿逃走。

自萱不顧一切地追上前，一把抓住立星的手臂，問：「你剛才在鬼鬼祟祟的說什麼？為什麼雄泰不能再翻身？」

「放手！」立星用力推開自萱，「呯」的一聲，自萱被推倒在地上。

立星瞪大雙眼，道：「你的好拍檔雄泰打了天俊一拳，這件事剛好被老師當場逮個正着，現在他已被抓去教員室！」

「什麼？剛才我聽到你在盤算着什麼似的的，難道這一切都是你們一手安排的？」自萱道。

「哼，你別誣陷我，否則我不客氣了！」立星轉身跑遠。

這時，小柯維真走到體育館的門外，他們看到自萱坐在地上，不禁大吃一驚。

「師姐你沒事吧？」小柯上前扶起自萱。

「立星説雄泰因為打人，被抓了去教員室，我要去找他！」自萱撥開小柯的手，提步朝着學校大樓的方向跑去。

「不得了，維真，我們該怎麼辦？」小柯六神無主。

「我們返回球場，替師兄和自萱拿書包，然後趕到教員室支援他們。」維真拖着小柯返回體育館去。

自萱拚命地跑向學校大樓，她惴惴不安汗如雨下，她隱隱覺得在天俊那友善的笑容背後，完全是另一張的臉孔。

「雄泰你千萬不能有事，不是說好了要為校內羽毛球公開賽一起努力，戰鬥到底嗎？你不能食言啊！」自萱淚盈於睫。

自萱衝進學校大樓，朝着走廊盡頭的教員室跑去，她心急如焚，竟看不見階級，差點被絆倒，跌跌撞撞下，她終於來到教員室的門前，正當她要推門進去時，維真趕至，她在走廊的另一端大聲道：「自萱，等一等！」

自萱停下來，轉身看着維真和小柯急步跑過來。

「自萱，你想怎麼樣？」維真問。

「雄泰是被立星他們陷害的，我要告訴老師知道雄泰是無辜的。」自萱道。

「你有證據嗎？老師才不會相信你的片面之詞。」維真道。

「我們從長計議吧！」小柯道。

就在這時，教師室的房門「呯」的一聲打開，高大的蔣教練走出來，他見到自萱三人，錯愕地問：「自萱、維真、小柯，你們都知道了？」

自萱點點頭，問：「教練，雄泰是不是被抓了進去？」

蔣教練歎一口氣，道：「他跟天俊、訓導主任和校長在校長室，他們正在商討是否要進行刑事起訴。唉，雄泰這孩子的壞脾氣還是改不了。」

「教練，剛才是德昌叫雄泰出去的，他說是教練你叫他的，可是立星就在體育館門外把守，他們一定有什麼詭計！」自萱和盤托出。

教練蹙起眉頭，道：「嗯，確實是我叫雄泰到校隊室的，我想找他一起商討校內羽毛球公開賽的活動，所以這些話不要再亂說了。我知道雄泰一直對天俊有偏見，儘管如此，這次天俊還替雄泰求情，他希望訓導主任能網開一面。」

「什麼？」自萱瞪大雙眼。

「打人是刑事罪行，受害人有權起訴他，可是天俊並沒有這樣做，他反而勸喻老師息事寧人。」蔣教練說完便離開。

自萱啞口無言，維真上前拖着她的手，發覺她的手在發抖。

校長室在教員室的裏面，自萱、維真和小柯三人惟有站在外面等候雄泰，他們目無表情地靠在欄柵旁，地上縱橫散亂地放着四個人的背囊和球拍。

半晌，走廊上傳來緩慢的腳步聲，自萱抬起臉，看到一位穿着簡樸T恤和牛仔褲的婦人走過來，當她走近教員室時，自萱看到一位頭髮乾枯、面黃肌瘦的婦人。

這位婦人對着自萱抿嘴一笑，問：「同學，請問校長室在哪裏？」

「就在教員室的裏面。」自萱指着前面的房門，問，「你是……雄泰的媽媽？」

婦人揚起眼眉，道：「不錯，我是雄泰的媽媽，你們是他的同學？」

「我們是他的隊友，我們都在等待他。伯母，雄泰是無辜的，你要相信他。」

自萱道。

雄泰媽媽張開嘴又合攏，隔一會，道：「從小學開始，雄泰就不停因為打架被罰，老師要求見家長的次數多不勝數，不過近年他專心打球後，已經沒有生事好幾年。唉，雄泰這孩子性格孤僻，一直沒有什麼朋友，想不到你們能夠接受他，謝謝你們的關心。嗯，我先進去跟老師見面。」

雄泰媽媽對着自萱三人點頭一笑，轉身推門走進教員室去。

等了又等，就像過了一個寒冬那麼長，教員室的大門終於打開，訓導主任、天俊首先從裏面走出來。

天俊看到自萱三人，連忙上前誠懇地道：「唉，是我不好，若果我不提議找雄泰幫忙公開賽的活動，就不會發生今天的事。」

自萱緊緊合上嘴巴，不發一言。

「以後你們好好打球吧！」天俊轉身跟着訓導主任提步離開。

不一會，雄泰推門走出來，他的媽媽踏出教員室後，轉身向一眾老師躬身道：「今天的事真是不好意思，請各位多多包涵！」

雄泰走到自萱的跟前，默默無言地望着她；自萱抬頭看着雄泰，見到他一臉憔悴，就像一幢快要塌下來的高樓。自萱心痛，忍不住熱淚盈眶。

「師兄，到底怎麼了？」維真忍不住問。

雄泰媽媽走上前，道：「那位叫柳天俊的男生不追究，還替雄泰求情，故此主任只記他一個大過、停課三天，還有……從今天起被革離羽毛球隊。」

「什麼？」自萱、維真和小柯的下巴落下來，這個懲罰對於熱愛羽毛球的雄泰來說有如宣判一個罪人絞刑一樣殘酷。

「師兄，這不是真的，是不是？」維真大力搖晃雄泰的手臂。

「師兄！」小柯緊握拳頭，感到既傷心又憤怒。

「是真的，我已被逐出校隊。」雄泰平靜地道。

「撲通」一聲，自萱如斷線木偶般跪倒在地上，她垂下頭，串串淚珠忍不住滾滾落下。

「師兄，他們為什麼要這樣對你？太不公平了！」維真也哭了出來。

「是我太衝動。」雄泰閉上眼，強忍淚水。

雄泰從他的大背囊裏拿出他的球拍，蹲在自萱的跟前，道：「自萱，這塊球拍留給你，請你帶着我的球拍比賽，讓它代替我上場。」

雄泰將球拍交到自萱的手裏；自萱怔怔地看着雄泰的球拍，這是他最常用的球拍，放棄它就代表放棄他的夢想。他們努力練習，可惜連一場正式的比賽也沒有參與過，他們便要分開，想到這裏，她禁不住悲從中來，捂着嘴痛哭流涕。

雄泰的鼻頭通紅，他吸口氣站起身，轉身拍一拍維真和小柯的手臂一下，然後搭着媽媽的肩膊離開。

第七章　混雙新拍檔

雄泰被逐出校隊的消息很快便在校內傳布出去，同學們都感到難以置信，因為雄泰球技了得實力雄厚，更曾為校隊立下不少汗馬功勞，在隊裏地位非凡，他們想不到學校竟然如此決絕。

教室裏的同學圍在一起，談論的都是關於羽毛球隊的消息，有人道：「校隊現在由天俊擔任隊長和主力，所以就算沒有雄泰，羽毛球隊的實力還是十分強勁的。」

「我也支持學校的決定，畢竟品德比球技重要，如果不殺一儆百，同學們便會動輒訴諸暴力。」

「不錯，雄泰的性格火爆脾氣差，據説在讀中一時，他便毆打過同學，後來班

主任一片苦心，安排他加入羽毛球隊，希望陶冶他的性情和發洩他的精力，想不到現在又重施故技。」

「雄泰和天俊一直是競爭對手，在男單的比賽上，雄泰贏得較多，可是性格上，二人各走極端，一個親民一個冷漠，天俊的球技雖不及雄泰，可是他得到同學和老師的歡心。別人都說雄泰十分不滿天俊當上隊長，故此毆打他，今次他真是罪有應得。」

坐在前排的自萱一直聽着同學們的對話，不禁感到心痛難過，嘀咕：「打架不能勸一邊，看人不能看一面。你們不是當事人，知道的又有多少？」

這天放學後，羽毛球隊集訓照常進行，除了雄泰外，所有隊員準時出席，他們如常拚命練習，休息時他們依舊談笑風生輕鬆自在，沒有人提及雄泰，亦沒有人因為雄泰的事情而表現異常，只有自萱、維真及小柯例外。

在人羣中找不到高大的雄泰，令自萱感到好不失落，一直以來，雄泰都是她的半個教練，他要她進行各種體能訓練，務求提升她的下肢及殺球的能力，他們更一起研究戰術一起打球，沒有他，就如一個人失去了右手一樣無助。

「我想念雄泰師兄啊！」維真道。

「三缺一，就是這個意思吧！」小柯道。

自萱模仿雄泰抿一抿嘴的招牌動作，她欣賞維真率真的性格，喜歡就說喜歡、討厭就說討厭，敢愛敢恨，相反她一直將自己的感覺收藏得嚴嚴密密，一聲想念雄泰，她在心中反覆念了千百次，卻從來不敢宣之於口。

「自萱師姐，你沒有了混雙拍檔，那你現在跟誰合作打球呢？」維真問。

自萱黯然，跟雄泰在羽毛球隊裏的點點滴滴已成過去，那些珍貴的回憶，她會好好保存在心底，留給日後細味。

「自萱，請你過來。」天俊忽然在他們的後面出現。

自萱轉身看見天俊，眼中禁不住射出怒火，冷冷地問：「隊長，有事麼？」

「你的混雙拍檔雄泰因為行為問題被踢出校隊，故此我跟教練商量過，已為你物色了一位很出色的男拍檔給你，就是他。」

天俊語畢，站在他身後的男生大步走上前，他就是幾天前在體育館門外跟自萱發生爭執的立星。

自萱、維真和小柯的下巴同時落下來。

「自萱，你的問題是力量不足，今後我會好好訓練你的。」立星獰笑道。

自萱感到遍體生涼。

「立星，自萱就交給你了，千萬不要再像上次的友賽那樣丟臉，在第一圈就被淘汰出局啊！」天俊道。

自萱深深不忿地咬着下唇。

「自萱你現在到球場去，我跟你打一場。」立星道。

自萱走到一旁拿起雄泰的球拍，道：「雄泰，陪我一起作戰吧！」

卻在這時，德昌也走進球場，跟立星站在同一陣線上，他朗聲道：「立星，我跟你一起訓練自萱，這樣她才能急速成長。」

「嗯，好的。自萱你聽好，我會跟德昌打你一個，預備好了沒有？」立星問。

自萱知道立星德昌二人有意刁難她，可是她沒有退路，她緊緊握着雄泰的球拍，輕道：「我絕對不會認輸！」

「可惡，竟然由兩個大男生打一個女生，怎能如此不公平？」維真憤憤不平地道。

「維真，羽毛球隊派出兩位前輩訓練自萱，如此重視她，你竟然説這等傻話，要進步就要付出！之後，就輪到你和小柯了。」天俊説完便坐在一旁欣賞自萱跟立

星德昌的練習。

自萱的練習正式開始，立星首先發一個高遠球給自萱；自萱把球輕吊到對角網前；德昌走錯位，勉強把球打返；自萱再把球輕吊到另一對角的網前；德昌又狼狽地跑過去救球。

「好耶，把他們調動得團團轉就是了！」維真道。

「只擔心自萱體能不繼，而且她缺少強勁的扣殺，一定十分吃虧！」小柯道。

「虧是吃定了，但求放手一拼！」維真道。

自萱知道自己處於絕對劣勢，所以她的策略是打四方球，當他們失位後，她才下手殺球。

初時，自萱還能憑手上的變化調動立星和德昌，可是相持球打多了，二人漸漸讀熟自萱的球路，加上自萱的體力開始減弱，腳步不夠快，故此場上的主動權便由立星和德昌二人控制住，自萱只是在應付來路。

「嘭！」

立星在網前用力扣殺一板，羽毛球直接打在自萱的跟前，她已記不清被對手轟落了多少球，她只感到十分無奈和難堪。

「我可以喝口水嗎？」自萱問。

「還未到休息時間，繼續練習！」立星說完便發球。

自萱還未準備好，見到羽毛球已經打過來，她只好隨手一揮將球擊回，可是回球質量太差；立星連忙撲前躍起大力重殺，「嘭」的一聲，羽毛球狠狠地打在自萱的大腿上。

「啊呀。」自萱後退一步，感到右大腿一陣痲痹。

「你已經很久沒拿過分了，請你集中精神！」立星斥責。

「立星，她如此不堪一擊，你真的打算跟她合作打混雙嗎？」

「哼，真要好好考慮一下！」立星揶揄。

自萱拾起羽毛球，沮喪地道：「雄泰，我打得太差，侮辱了你這塊球拍。」

「自萱，加油呀！」維真和小柯大聲支援自萱。

自萱看着他倆，勉強一笑。

「喝！」自萱大叫一聲，抖擻精神再去應付立星和德昌的攻勢。

立星德昌二人不停調動她，一時把她調動到網前，一時又把她調動到後場，叫她東奔西撲狼狽不堪。自萱疲於奔命，回球質量下降，他們便趁機瞄着她的手臂、頭頂、腹部重殺下去。

自萱的手臂和腳上布滿了大大小小的瘀傷，她臉色蒼白汗如雨下，整個人搖搖欲墜。

「自萱，怎麼了？當日雄泰也是這樣訓練你的，他越嚴厲你越歡喜，我不過蕭規曹隨，你不會不服氣吧？」立星道。

一聽到他們提及雄泰，自萱的勇氣便驟然從腳底爬到胸口，她直眉瞪眼，喝道：「拜託你別跟雄泰相提並論，你不配！」

「臭丫頭，好一把利嘴，非要好好教訓你不可！」立星咬牙切齒，再次發動淩厲的進攻。

自萱全神貫注地防守，預判到他這次會來一記追身重扣，於是她提早向左邊移動，然後用力把球擊回去。

「轟」的一聲，羽毛球越過立星德昌二人的頭頂，再清脆地墜落在界線之內，自萱這次防範得分，叫立星和德昌二人瞠目。

「雄泰，是你教我要預測可能發生的情況，並想好應付的辦法，我做到了！」

自萱望着雄泰的球拍抿嘴一笑。

第八章　把握轟烈年華

放學的鐘聲響起，同學們興奮地執拾書包離開教室，自萱則來到圖書館溫習功課，她埋首功課，忙了半天，她搓揉雙眼，再托着腮看向窗外，樹葉隨風擺動，就像她的心在盪漾。

「不知雄泰現在怎樣呢？停課的期限早已過去，他的學校生活應該回復正常了吧！」

好幾次，當自萱從樓梯步上教室時，她都想走到雄泰的教室前，看看他是否別來無恙，只要看到一眼，她便心滿意足，可惜她就是沒有這份勇氣。

「沒有你的羽毛球隊練習，真是太難熬了，立星德昌一直在欺壓我，我不想再到體育館參與集訓了，若果我放棄打球……會否辜負了你的期望呢？」自萱感到眼皮沉重，索性伏在桌上打盹。在夢裏，她看到自己跟雄泰在打球，呼呼呼的打球聲不絕於耳，他們短兵相接球來球往。

「哈哈！」自萱開心得笑不攏嘴。

「雄泰。」自萱的心抽動了一下，隨即驚醒，才發覺那是個甜夢，她撫摸一下臉頰，竟然摸到自己一臉淚水。

「雄泰，我累了，我撐不住了。」自萱發覺現實太殘酷，而美夢總是太早醒來。

驀地，她發覺自己的背部披上了一件風褸，可是她記得她之前將風褸掛在椅背上的，那到底是誰替她披上呢？

「雄泰！」自萱猛地站起，風褸便滑落在地上，她走出座位，四處尋找雄泰的影子，她走過一層又一層的書架，渴望在書架前見到雄泰，但換來一次又一次的落空。直至來到最後的一層書架，她記得曾經在這個書架前遇見雄泰，他當時以左手搭在架上專心閱讀，就由那刻開始，她對「火爆熊」改觀了。

「雄泰，請你出現在我的眼前。」自萱緩緩走近最後一排的書架，她瞪大雙眼，見到那裏站着兩位女學生，除了她們之外，別無他人。

自萱頹然。

自萱垂頭喪氣地返回座位，那裏卻坐着一個人，她以為自己搞錯了，甫轉身她又感到不對勁，回頭仔細一看，發覺那高大的背影熟識不過。

「雄泰！」自萱興奮地叫。

那人轉臉，方臉細眼的雄泰就在眼前，他的眼睛笑成一線，道：「輕聲點，這可是圖書館！」

自萱撲到他的跟前，感動得哭笑不得。二人深深地望着對方，千言萬語，一時間卻語塞了。半晌，自萱努一努嘴，問：「你坐在我的位子上幹什麼？」

雄泰抿嘴一笑，道：「替你檢查功課。」

自萱撲哧一聲，笑了出來。

雄泰和自萱一起離開校園，來到海濱長廊散步，一彎新月掛在夜空上，清風隨着海洋的氣味拂面，叫二人心曠神怡。

「你真的打算放棄羽毛球嗎？」自萱問。

「學校將我從校隊裏趕出來，我還可以不放棄嗎？不瞞你說，我家境清貧，並不容許我天天跑去康體署訂場打球，這樣太奢侈了。或許我應該從此專心讀書，努力考上大學。」

「我想打球不會影響你的學業，你總要有些閒暇活動吧！」

雄泰低頭看着自萱，被她又長又鬈的眼睫毛吸引住，他抿嘴一笑，道：「聽維真說，你在羽毛球隊裏被立星他們欺負。」

自萱揚起眼眉，道：「你都知道。」

雄泰歪着頭，望着前方道：「你只顧着我的閒暇活動，卻不關心自己的情緒。」

自萱抬頭看着雄泰，看着他那棱角分明的腮骨，不禁神往。

「我希望你堅持下去，不要放棄。」雄泰雙手插入褲袋裏。

自萱垂下眼簾，其實她希望雄泰叫她放棄，這樣她就可以解除痛苦。

「他們要你知難而退，你不能讓他們達到目的。」雄泰道。

自萱點點頭，道：「其實由我第一天加入球隊的時候，我便被你這隻『火爆熊』折磨得苦不堪言，所以我告訴自己，立星德昌對我做的種種，都是鍛煉我的好機會，我應該好好把握。」

「嘿，什麼『火爆熊』？」雄泰失笑，道，「我倒欣賞你這積極的想法，被他們這樣訓練，獲益的一定是你。還有，我的球拍可不是一般的球拍，它有一種魔力，可以助你發揮超乎想像的能力。」

「啊，真的嗎？」

「當然。」雄泰挺起胸膛道。

此時，有一位小女孩踏着四輪單車經過他們的身邊，他們停下來看着她，而小孩子的媽媽則在她的後面亦步亦趨，雄泰跟自萱對望一眼，相顧而笑。

「可以告訴我，為什麼當日要打天俊嗎？」自萱問。

雄泰不發一言；自萱以為他不喜歡提及這件事，躊躇不前。

「到那邊坐着聊吧！」雄泰大步走到一旁的樹叢下，盤膝坐在草地上，他揮揮手，叫：「坐。」

自萱跟着他坐在草地上，對於雄泰的一言一語，自萱總是言聽計從，她也不知道為什麼她總是喜歡跟着他的步伐走。

雄泰抬頭看着夜空，歎一口氣，道：「我天生脾氣壞，從小學到中學，我經常因為打架而被罰，直至讓我遇上羽毛球，我的壞脾氣才漸漸收斂，不過本性難移，到了現在，我還是那麼衝動不顧後果。」

自萱交疊雙手圈住膝頭，側頭聆聽他的故事。

「我從小沒有爸爸，只有媽媽跟我相依為命，我們很窮，我有很多東西想要，可是媽媽都不能買給我。媽媽只是個清潔工，為了生活，她由早上工作至深夜，做三份清潔工，但賺得不多，只夠糊口，同學見我如此寒酸，總喜歡取笑我是垃圾婆的兒子，我往往按捺不住揮拳打人，或許我天生長得高大，令我覺得自己可以橫行霸道，但是其實我很自卑。」

自萱錯愕，她以為只有矮小的她才會感到自卑，原來在雄泰那高大的身體裏也藏着一顆自卑的心。

「人言可畏……到底是你欺負別人，還是別人欺負你，我不知道。」自萱惆悵地道。

「為了不想再打人，我開始沉默寡言，與人保持距離，我認為這是最好的方法來保護自己，可是我也不想一個人，我也想有知心好友。」雄泰以眼角瞄着自萱，

見到她正入神地望着他，他換一口氣，道，「上次天俊叫我到後操場見面，他故意取笑我的身世以及我媽媽的職業，我勃然火起，衝上前打了他一拳，事後我才後悔，因為這一拳，我不能再打球。」

自萱深深歎息，道：「你真的不需要自卑，你媽媽為了撫養你，不惜日做三份工，這種志氣比天還要高，我認為你媽媽十分偉大，你應該為此驕傲而不是自卑！」

雄泰意外地張開嘴。

「工作無分貴賤，重要的是工作背後的意義，你媽媽絕對是個偉大的清潔工人！你知道嗎？我跟你一樣，從小就被人取笑，他們笑我是小豆丁，更指我不適合打羽毛球，可是我現在不是被挑選入校隊嗎？」

二人相顧，禁不住哈哈大笑。

「從今天起，我會努力學習管理情緒，我無法控制別人的想法，但是我可以控制自己的情緒。」雄泰道。

「不錯，我們要主宰自己的生命，不要活在別人的眼光下，沒有人是完美的，包括對我們指指點點的人！」自萱從書包裏拿出智能電話，然後不停在螢幕上按鍵。

雄泰把頭靠近些看她在電話上打什麼，不一會，自萱坐近雄泰的身邊，伸出智能電話，道：「你有沒有聽過動力火車的『當』？那是一首十分有意思的歌曲，我們一起跟着它放聲高歌，將心中的鬱悶都唱出來！」

自萱按上PLAY的三角型鍵，音樂響起，那是一首激昂澎湃的國語歌，自萱開腔唱道：「喔……喔……喔啊……」

「哈哈！」

「別笑，跟我一起唱！」

雄泰跟着旋律搖頭晃腦，發覺歌詞工整朗朗上口，於是跟着自萱高聲唱：「讓我們紅塵作伴，活得瀟瀟灑灑，策馬奔騰，共享人世繁華，對酒當歌，唱出心中喜悅，轟轟烈烈，把握青春年華……」

第九章　真正的羽毛球

隨後的集訓，立星維持跟自萱進行嚴苛的訓練，除了二對一的練習外，還有各種超強度的負重鍛煉，以及不斷進行重力扣殺，每次練習都叫自萱身心疲憊，身體各處隱隱作痛、痠痛不已。

另一方面，雄泰在學校裏變得更加低調，他專心功課，放學便回家，雖然間中會想念羽毛球，可是他已逐步習慣這種沒有羽毛球的校園生活。

這天小息，維真和小柯神色緊張地走到中四乙班的教室前，他們見到自萱坐在座位上複習功課，在門口用力揮手大呼小叫。

「自萱，有事要找你啊！」維真道。

「怎麼了？」自萱走上前問。

「跟我來！」維真牽着自萱的手，轉身奔跑，自萱大吃一驚，加快腳步跟上維真的步伐，小柯則在後面緊緊跟隨。

「去哪裏呀？」自萱問。

「稍後你便知道！」維真道。

三人匆匆地走下樓梯，在走廊上奔跑，朝着校隊室的方向前進。

維真來到校隊室的壁報前停下來，她指着上面新張貼的海報，道：「是校內羽毛球公開賽。」

「怎麼了，你們打算參加？」自萱問。

「不，是你跟雄泰師兄啊！」小柯衝口而出。

「唉，我現在的拍檔是立星，怎麼還能跟雄泰合作呢？」自萱歎氣。

「我們仔細看過規則了，這個公開賽是開放給所有同學參與的，換言之，就算雄泰不是校隊成員也可以參加！」維真道。

「真的嗎？」自萱瞪大雙眼。

「根據過往的慣例，一些剛退出校隊的師兄師姐因為技癢關係，也會報名參加，據說關永傑和楊詠琴也有興趣參加呢！」

「這麼說，雄泰也可以參加比賽了！」自萱喜出望外。

「不錯！只有校隊成員才能代表學校參加校外比賽，可是校內比賽卻沒有這個規限。」小柯道。

「雄泰除了可以跟你打混雙外，他也可以參加男單的比賽！」維真道。

「關鍵是雄泰師兄願意參加嗎？」小柯的提問，叫兩位女生啞然。

半晌，維真道：「不如現在我們就去邀請師兄參加吧！」

「好啊！」自萱拍手附和。

正當他們興致勃勃地轉身的時候，天俊、立星及德昌三位高大的男生竟然就站在他們的跟前，自萱一見到他們便大驚失色，不知所措。

天俊訕笑，道：「下個月的校內羽毛球公開賽，自萱你必須跟你的新拍檔立星合作出賽，因為這是一場重要的比賽，若果打得好，你們便有機會代表學校出戰對外的混雙比賽。」

「自萱，你好好想清楚吧！若果選擇錯誤的話，你能想像你的羽毛球隊生活將會怎樣嗎？」立星冷笑一聲。

自萱噤聲，感到毛骨悚然。

「你加入校隊無非都是想代表學校出賽，你不會為了一個校內比賽而放棄光明的前途吧？」德昌問。

天俊三人說完便推門走進校隊室。

「可惡，他們為了阻撓雄泰出賽，竟然這樣威脅自萱，他們實在太過分！」維

真道。

自萱疾首蹙額，束手無策。

放學後，自萱漫無目的地在街上閒逛，她本想找雄泰，聽聽他對校內羽毛球公開賽的意見，可是她在教室及圖書館裏找不到他，他的同學說他一早已經離開校園。她思前想後，還是不知道該怎麼辦？

「可惡！」自萱用力踢起地上的汽水罐。

「啪」的一聲，汽水罐打中前面的鐵絲網，再跌落在地上。自萱抬頭，透過鐵絲網看向裏面的運動場，場中央是一大片綠悠悠的草地，圍着草地的是泥紅色的跑道，跑道上有些年輕人在跑步，其中一位高大的身影吸引住自萱的眼球。

那人腰板硬朗步大力雄，在陽光的照射下，好像會發光一樣，他正是雄泰。

自萱喜從天降般撲到鐵絲網前，大喊：「雄泰！」

雄泰停下腳步，四處張望，最後發現自萱在鐵絲圍欄外用力揮手，他莞爾而笑，舉起手跟她打招呼。二人隔網相望，對方的笑容就如燦爛的陽光，暖意沁入心脾。

自萱一邊奔向運動場入口，一邊望着跑道上的雄泰；雄泰也提步，一邊看着自萱一邊跑向入口處。

二人在運動場外的草叢前相遇，他們凝視對方半晌，見到對方別來無恙，不禁放心下來。

「我最近開始跑步，對我來說，沒有運動可不行！」雄泰道。

自萱歎息，道：「你真的打算放棄羽毛球？我以為你會希望參加校內羽毛球公開賽。」

「不打了，我不想打。」雄泰看向遠處道。

「羽毛球隊沒有你，總是缺少了什麼似的，我真想再見到你躍起殺球的樣子，真是殺氣騰騰威風凜凜，無人可以媲美。唉，既然如此，我也放棄打球了。」自萱努一努嘴。

「你不是答應過我，要拿着我的球拍參加比賽嗎？你怎能言而無信？」

「為什麼你可以放棄，而我不可以呢？」自萱生氣地問。

「你跟我不同，你沒有被校隊開除！」雄泰粗聲粗氣地回應。

「你被校隊開除，不代表你就要放棄羽毛球！你可以靠這個公開賽來證明你的實力，為什麼你要逃避？」自萱激動地道。

「我沒有逃避！」雄泰憤懣地道。

「天俊就是要打擊你，因為你對他構成威脅，你選擇放棄，就中了他的圈套！」

「我不用你教我！」雄泰怒吼一聲，轉身走進運動場，抓起大背囊衝入更衣室。

「雄泰……」自萱頹然。

* * *

放學後，天俊、立星和德昌留在教室商談公開賽的準備事宜，良久，當所有同學都離開教室後，他們便將話題轉到雄泰的身上。

「天俊，暫時還未收到雄泰的報名表格，相信他知難而退了。」德昌道。

「嘿，數天前我按照天俊的吩咐，主動找雄泰談判，他亦答應只要我們不再欺負自萱，他便不會參加這個公開賽。」立星道。

「想不到他竟然為了一位女生，放棄他心愛的羽毛球。」天俊道。

「由最初的友誼賽，到現在的公開賽，我們總算解決了雄泰這顆眼中釘。」德昌道。

「事情確是十分順利，當日我為了不想被人找到破綻，故此只準備了一樽有瀉藥的飲品，怎料真的給雄泰飲去，結果令他大失水準，我亦成功當上隊長。」天俊將事情和盤托出。

「雄泰為人衝動無腦，被別人揶揄幾句便起手打人，令他身敗名裂。」立星道。

「只要讓我取下這次公開賽的男單金牌，我在校隊的地位便更加堅固了。」天俊得意洋洋地笑道。

* * *

連續數天，自萱都睡不好，上學時總是一臉憔悴，這天的羽毛球集訓，她特別買了一罐提神飲品，惟恐自己不夠精力熬過訓練。

「我還年輕，怕什麼？」自萱鼓勵自己。

熱身、體能訓練、技術鍛煉，自萱跟隨大隊落力參與，然而立星並沒有要求跟她進行額外的特訓，還讓她自由活動。

自萱呼出一口氣，走到一旁坐在長凳上休息，維真小柯走過來，維真問：「怎

麼立星沒有跟你進行那些地獄式的訓練？難道他良心發現，不再難為你？」

「誰知道他在想什麼？」自萱道。

「你有沒有找過雄泰師兄？我們找過他，可是他不願意參加比賽。」小柯道。

自萱搖搖頭，無奈地道：「他放棄羽毛球了，寧願將精力放在跑步上。」

「他這麼喜歡羽毛球，怎會如此決絕呢？我總認為當中一定有內文。」維真道。

「是什麼呢？」小柯問。

「立星他們不是說過，若果自萱跟雄泰師兄合作打球的話，他們便不會讓你參加任何對外的比賽嗎？如果雄泰師兄知道這件事的話，他或許寧願放棄這次比賽。」維真推測道。

「別傻啦！我們還因這件事吵起來，他……他怎會為了我而放棄羽毛球呢？」自萱辯道。

「師兄對你這麼好，難道你一點也看不出來？這件事他一定有苦衷，你快些去了解，不要再逃避了！」維真道。

自萱一聽，不禁聳然動容，到底是她在逃避，還是雄泰在逃避？驀地，自萱站起身，拿起球拍袋子匆匆走出體育館，她拚命跑出校園，朝着運動場的方向跑去。

午後的陽光灑照在寬廣的運動場上，綠草如氈、暖風和煦。自萱滿懷激情的來到球場，她汗流浹背、氣喘吁吁，但她只管四處張望，尋找雄泰的身影。自萱在跑道上看了一遍又一遍，可惜找不到雄泰那高大的身影，她不死心，連運動場的看台、樓梯、轉角處也搜尋了兩次，結果還是落空。她失望地坐在長凳上，茫茫然地望着前方。

有些人，想見卻見不到，思念因此越來越濃，關於他的一點一滴都在腦海裏翻騰流轉，叫人銘心刻骨。時間一分一秒地流逝，自萱坐着不動，因為她什麼地方也

不想去、什麼事情也不想做，她只想見到雄泰。

夕陽西沉，運動場的燈光亮起來，有些跑手早就離開跑道，換上另一批新的跑手。

自萱柔腸百結，緩緩站起來，輕道：「該回家了。」

落日餘暉，天空一片殷紅，有如一幅美麗的油畫，不過自萱愁眉深鎖無心欣賞，她抬頭看向前方的出口，記得當日就在這裏跟雄泰相遇，此刻卻只剩下她一個。

「自萱。」

自萱怔住，這是她十分想念的一把聲音，是雄泰，但這不是腦裏的回憶。自萱猛然轉身，腰圓膀寬的雄泰就站在前面，橙紅色的夕陽照射在他的身上，他頓成油畫上的主角，叫自萱神往。

「雄……雄泰。」自萱吞下一口涎沫。

雄泰抿嘴一笑，走到自萱的跟前，道：「你等誰？」

自萱胸口起伏，問：「你一直都在這裏？」

「當我跑步後到更衣室淋浴出來後，我在遠處看見你站在看台上，本來想上前叫你，但又打住，結果一直跟你坐到現在。」

自萱嫣然一笑，想不到剛才她坐在看台上想着他，他卻坐在看台下等待她，原以為相隔一條銀河的距離，卻是如此接近。

雄泰自萱二人離開運動場，沿着繁囂的行人路漫步，旁邊的小巴私家車一輛一輛的呼嘯而過，路人吱吱喳喳地跟他們擦身而過，儘管如此，二人的臉容和心境卻是舒坦恬靜的。

「上次不好意思，我的語氣重了一點。」自萱雙手放在後背道。

雄泰抿嘴一笑。

「雄泰，我真的很喜歡跟你合作打球，跟你搭檔才算得上是真正的羽毛球！」自萱停下腳步，輕輕拉着雄泰的手臂，鼓起勇氣地道，「我想跟你繼續打球，不管後果如何，我都不在乎。」

雄泰臉上一熱，低頭望着一臉羞澀的自萱。

「我已經今非昔比，你跟着我不會有好處，明知這樣，你還要跟我拍檔？」雄泰問。

自萱咬着下唇，抬頭以堅定的目光望着雄泰，道：「是，我不後悔！」

雄泰心盪神馳，不一會，他溫情脈脈地道：「跟我打球，可要熬得住刻苦的訓練，你承受得起？」

自萱笑逐顏開，憨直地道：「這個當然，怕累的早就滾回家去了！」

雄泰粲然一笑，信心滿滿地道：「好，我們就將目標鎖定在公開賽的金牌上！」

第十章　練習練習再練習

日出旭旭，朝暉灑遍整個華英才中學的大操場，同學們穿上整齊的校服，精神奕奕地走進校園。立星拿着一張表格焦急地在走廊上狂奔，他衝進教室，撲到天俊的跟前，緊張地道：「天俊，不得了，你看。」

立星遞出手上的表格，天俊看到那是雄泰參加校內羽毛球公開賽的申請表，他剔選了男單及混雙兩個項目，而混雙的拍檔正是自萱。

「雄泰反口覆舌，可惡！」立星道。

「別大呼小叫的，小心給其他人聽到。」天俊蹙起眉頭。

「他有意挑戰你的地位，不如銷毀這份申請表，讓他無法出賽。」立星道。

「他既然如此渴望參賽，那就不要阻撓他，我已經想到一個好辦法對付他。

報名表

哼，我們就拭目以待，看他如何輸得一敗塗地！」天俊恨恨地道。

* * *

距離校內羽毛球公開賽尚有兩個星期，羽毛球隊的成員為了爭取好成績，孜孜不倦地進行集訓，因為校內的羽毛球精英盡在校隊裏，為了確保校隊的威名，全取五面金牌是他們的終極目標。

這天的集訓，由隊長天俊帶領隊員們進行模擬的對打訓練，惟獨自萱沒有被安排練習，她一個人坐在冷板凳上呆坐。由自萱選擇跟雄泰合作打混雙之後，天俊等人便對她採取孤立態度，只叫她坐在一角，什麼都不用她做，以此消磨她的意志和時間。

自萱從袋裏拿出一本筆記簿，裏面記下了她跟雄泰商量的混雙打法，她趁機複習，另外，為了知己知彼，她細心觀摩隊友的打法。

儘管在球隊裏受到排斥，自萱在其他時候卻跟雄泰馬不停蹄地備戰，於清晨上學前到運動場跑步練氣，放學後，則繼續進行各種羽毛球的技術訓練，有時候他們會留在學校的場館練習，有時候則到公共球場練習，他們還跟小柯維真一起進行模擬的練習賽。

這天晚上，自萱、雄泰、小柯和維真分別在家裏吃過晚飯後，來到球場練球，雄泰一直擔當教練的角色，而今天的主題是防守。

「防守突擊是一門重要的戰術，日本國家隊最常使用這種戰術，而在混雙比賽中，女方必定是攻擊的對象，故此若果女方的防守穩固的話，對方的進攻就會變得無用武之地。」雄泰道。

「防守得分是十分令人振奮的！」維真道。

「現在我和小柯負責殺球，你們防守，防守時絕不能隨意馬虎，要看準對方的位置，將球擊到無人地帶！你們要不停練習將球防守到不同的位置，諸如網前正方、網前對角、後場等等！」

「聽上去有點難度，不過防守得好，隨時能反敗為勝！」自萱道。

「我和小柯會充當陪練員，我們站在中場對着你們扣殺，你們防守！」雄泰道。

這種攻防練習對攻擊一方的體能要求極高，而雄泰一直都是全力扣球，初時，自萱對於他的重殺是感到害怕的，因為他本身已經高大，站在中場殺球時，來球勢淩風雨氣吞山河，被球打中的話，一定痛入心扉。

「別放棄任何機會，只要球未落地，你都要竭盡所能把球救起。只要不放棄，奇蹟就會出現！」雄泰大聲説道。

自萱鎮定情緒，嘗試放開懷抱勇敢地去接球，多次嘗試之後，她有時會在球的最低點去接、有時會移動身體去接、有時更會利用手腕把球擊回到對方後場、有時又會卸去對方的力量輕輕把球撥到網前等等，這個訓練大大加強了她的防守信心。

＊　　＊　　＊

除了防守的練習外，雄泰還要自萱苦練網前的球技。

「要取得攻擊機會，控制網前是首要的任務，這得靠站在網前的女將敢於搶網，若能搶奪網前的優勢，即是佔有進攻的機會！可是網前搓球的技術稍為粗糙的話，反而會被對方一拍擊下，故此網前技術絕對不能小覷。」雄泰道。

「跟維真小柯打得多了，他們似乎也窺準我的網前球，試過好幾次我還未出手，維真已撲前準備攔截，有時候一緊張，手感便差，好難搓到貼網球。」

「你要鍛煉你的心智，沒有人放短球都可以每一球都貼着網帶過，總會有失手的時候，被人補捉了一球，心裏難免尷尬難受，你必須放開心情繼續作戰，有時可以轉變一下球路，例如勾網前對角，或者趁對方衝上網前時，你卻把球擊到後場，這些都是擾亂對手的好方法！」雄泰即席示範正手勾網前對角的方法，那球就像香蕉一樣彎着彈飛到對方的網前空隙，就像施展魔法一樣。

自萱點頭叫好，維真也在拍手頓足，道：「我要學習這球技！」

「這是正手勾球，要求強勁的手腕力，還有反手勾球，不過反手難度更高，故此要不斷練習練習和練習，透過練習什麼都可以做得到！」雄泰道。

「能夠跟師兄學習球技，真讓我獲益良多！」維真道。

「哈哈，其實這些細膩的技術我也不常用，因為我一向都是以重扣為進攻手段，所以現在我也是邊教邊學，大家一起努力吧！」雄泰道。

自萱心知肚知，雄泰學習這些網前技術全部都是為了她，這段日子，雄泰特別對她進行了一系列的針對性訓練，目標是將她鍛煉成最佳的前場球手，在封網、網前小球、防守、步法以及體能的訓練上反覆練習了數百遍。至於後場進攻方面，他則教她被人調動到後場時，她要儘快移動到前場，讓他返回後場扣殺，保持前封後攻的最強陣式。

自萱一直用心練習各種網前技術，務求為雄泰製造更多進攻的機會。另外，她

亦賣力地進行體能訓練，如跑步舉啞鈴跳繩等，這些練習苦悶乏味，但自萱沒有半句怨言，一直咬緊牙關撐下去。她明白沒有好的體能，根本不能跟對手抗衡，她絕對不要做一個連累拍檔的球手。

* * *

不知不覺，兩星期的練習時間轉眼便過，明天便是校內羽毛球公開賽舉行的日子，決戰前夕，雄泰等人留在家中休息，養精蓄銳迎接明天的比賽。

自萱在網上觀看馬晉、徐晨跟印尼組合娜絲雅、阿密特的比賽，打法上，自萱雄泰跟馬晉、徐晨的組合較相似，同屬那種典型的前封後攻的模式，故此她亦以這對組合作為參考對像。

就在這時，她的手提電話響起來，她看一看熒幕的來電顯示，是雄泰打來的電話，未接聽，她已經甜絲絲地笑。

「你在幹什麼？為什麼還不睡覺？」雄泰問。

「有些緊張睡不了，索性看一會羽毛球的錄像才睡！」自萱道。

「嗯，別要看得太晚，要有充足的睡眠才行。」雄泰道。

自萱拿着手提電話躺在牀上，邊聽着雄泰的聲音邊抱着牀上的熊寶寶公仔，一臉陶醉。

「睡覺前不要胡思亂想才能安睡，而比賽時用平常心面對就可以了。」雄泰道。

「嗯，不過，你可別太輕鬆，像上次那樣睡過頭就不得了啦！」自萱笑道。

「哈哈，你分一點緊張給我，我給你一點輕鬆，那就最好不過！」

「如果我們真能做到互補長短的話，我們一定可以成為最佳的混雙拍檔！」

「我們根本就是天生一對的好拍檔！」雄泰道。

自萱心花怒放，將熊公仔緊緊抱入懷中。

「自萱，謝謝你在我最失意的時候，一直在我身邊支持我，我已經重新站起

來，明天我會為了你，奮戰到底！」

自萱興奮得幾乎要大喊出來，可是她強作鎮定地道：「好呀。」

「早點休息，明天見，拜拜。」雄泰掛上電話。

「呀，你這麼說叫我今晚怎麼睡呢？」自萱無法自持，開心得將頭埋在熊寶寶的懷裏。

第十一章　連場硬仗

星期六陽光明媚、惠風和暢，正是華英才中學舉行羽毛球公開賽的日子，不少同學魚貫走進校園的體育館，他們熱愛羽毛球，特意前來捧場，不少支持者更帶來大鑼大鼓及其他敲擊樂器，聲震寰宇，場館氣氛熱鬧亢奮。

雄泰、自萱、維真、小柯四人先在學校飯堂吃早餐，之後一起來到體育館的大堂，擠到壁報前留意比賽流程。

「糟了，男單和混雙的比賽都安排在上午進行，而且編排得十分緊湊！你看，雄泰師兄打完這場男單比賽後，一會兒便要打混雙，若果一路晉級，他便沒有時間休息，對師兄十分不利！」維真道。

雄泰盯着賽程，不發一言。

「啊，你們看，師兄被編在男單的下線，對手不是羽毛球隊成員，便是已經退出校隊的中六生，包括前隊長關永傑，真是高手如雲場場硬仗，想省點力氣也不可以！」小柯道。

自萱留意到天俊被安排在男單的上線，而這線路的選手大部分都是些名不經傳的中四生。

「當我報名參加這次比賽的時候，我就知道這條路不會容易走！我就是不服輸，越困難越要克服！」雄泰抿嘴一笑。

自萱張開嘴又合攏。

雄泰用力搭着自萱的肩膊，嚮道：「況且今天我有自萱這位好拍檔跟我一起作戰，我一點都不擔心！」

「師兄跟自萱雖然一個高一個矮，可是看上去十分合襯！」維真道。

自萱的臉龐頃間漲紅，她連忙推開雄泰的手，道：「不要浪費時間，快去更衣熱身！」

準時上午九時正，雄泰首先在男單的比賽上登場，他的對手是中六級的李家明，他是前羽毛球隊成員，二人早在校隊時已多次交手，故此雙方都熟識彼此的球路。

家明屬於穩守突擊型，防守能力好，雄泰一開始未熱身，只作一些試探式的進攻，加上他今天將有連場大戰，他必須好好分配體力。

比賽初段，雙方的分數一直處於膠着狀態，沒有一方能夠取得領先優勢。

天俊跟立星和德昌站在一旁冷眼觀戰。

「啊，雄泰打得一點也沒有霸氣，可能連第一圈也未必闖得過呢！」德昌道。

「家明是個防守型球手，相當難應付，不過就算讓他晉級，之後還有不少高手等着他呢！」立星道。

「哼，我倒希望他能夠殺入決賽，我要他徹底的輸在我的拍下。」天俊道。

雄泰在場上耐心地跟家明過招，他知道對手擅於防守，故此早有心理準備大拍重殺後，需有下一板的跟進。

雄泰一直等待對手於防守上出現漏洞，他心道：「久守必失，只要我能抓住一次機會，他一定會自亂陣腳。」

比數來到十五平手，雄泰躍起重殺，怎料他最後轉換動作，把球輕輕搧過去，重殺只是假動作；家明預料不到，勉強把球救起；雄泰早已撲前，大板封死網前來球，「嘭」的一聲，羽毛球清脆落地，得分。

雄泰得勢不饒人，再利用假動作及提早移動，把對方回球欠質量的來球封死，結果連得數分，雄泰在局尾一口氣搶攻，成功搶得領先優勢，家明不禁洩氣，結果雄泰再追身重扣一板，他無法回球，先失一局。

第二局，雄泰繼續耐心地跟對手打相持球，為了擾亂家明的防線，他運用停頓及不同的進攻節奏，使對方的防線失守，令雄泰進攻時更加得心應手，最終雄泰順利拿下第二局，贏得開門紅。

男單的比賽結束後，雄泰走到一旁休息，自萱等人爭分奪秒，一個給他遞上水壺、毛巾、一個用冰袋替他敷肩膊、一個替他搓揉手臂，他們馬不停蹄地為雄泰消除疲勞，因為他的另一場混雙比賽在五分鐘後便展開。

當廣播宣布雄泰的混雙比賽最後召集的時候，雄泰連忙從座位上彈起身。

自萱關切地問：「雄泰，真的可以嗎？」

「當然！」雄泰信心十足地豎起大拇指。

二人相顧而笑，同時緊握球拍，以一致的步伐走進球場，他們英姿颯爽神采飛揚。他倆本來已經拆夥，可是二人不理反對，歷盡艱難都要合體，就算只是打一次

公開賽，他們都義無反顧。

比賽甫開始，自萱便在網前搶點，對手被動地把球推到後場，雄泰躍起，大喝一聲大板重扣下去，羽毛球快如閃電地打落到對方的中間位置，對手完全來不及反應，泰萱組合得分。

「師兄這個殺球勢不可擋，火力跟之前的那場男單比賽相差好遠啊！怎麼一來到混雙比賽，他便來個大爆發？」小柯道。

「因為這是他倆正式合作的一場比賽，他不容有失！」維真道。

泰萱組合分工清晰，一個在前半場負責控球，另一個在後半場負責重扣。自萱腳步靈活，果斷搶網，為雄泰創造不少進攻良機，而雄泰亦沒有浪費機會，豁盡全力躍起扣殺，每一球都勢若狂飆，令人聞風喪膽，對手毫無還擊之力。

泰萱配合得天衣無縫，將前封後攻的戰術發揮得淋漓盡致，二人的分數一直遙遙領先。後來對方嘗試主動進攻，更追着自萱來攻，不過自萱訓練有素，防守有如固若金湯，令對方無法攻下反而頻頻失誤，結果對手在攻守兼失的情況下，節節敗退，不消二十分鐘，泰萱便直落兩局橫掃對手，迎來他們的第一場勝仗。

比賽結束後，泰萱二人用力擊掌，喜不自勝，維真小柯也上前恭賀他們旗開得勝。

天俊等人在遠處看到雄泰在兩個項目中順利過關，不禁露出厭惡的表情。

「哼，士別三日，想不到自萱的發揮如此出色，難怪雄泰怎樣都要跟她合作，真的不能忽視他們這個組合！」德昌道。

「雄泰就像討厭的蒼蠅，一直纏繞着我。不過我看他們這個組合就只有一種前封後攻的戰術，若果將自萱調動到後場，她根本就沒有任何攻擊力，這組合的威力就瓦解了。」天俊道。

「天俊說得真有道理，你果然是羽毛球天才！今次我也報名參加了混雙的比賽，若果一路晉級，我便會在決賽跟他們對碰，到時候我會懂得怎麼對付他們的了。」立星道。

「立星，今次你邀請了楊詠琴跟你搭檔，你們的平均實力理應比他們高的。若果你們真的在決賽中相遇，那時候雄泰的體力亦已用得七七八八，你應該繼續讓他進攻，將他僅餘的力量也揮霍掉，知道嗎？」天俊道。

「知道知道！」立星只懂惟命是從。

呼呼呼的打球聲在場館裏此起彼落，緊湊的比賽一場接着一場的上演，而雄泰於男單及混雙兩項的比賽連環出戰，為了保留體力，雄泰於男單的比賽中不會全力殺球，他選擇跟對手打四方球，等待機會球出現才扣殺；不過，雄泰面對的對手絕非泛泛之輩，他每次都要扭盡六壬*，才能於各場單打的賽事中勝出，他最終殺入四

*扭盡六壬：絞盡腦汁或玩弄花招的意思。

強，跟師兄永傑爭奪決賽的入場資格。

在混雙比賽方面，自萱依照雄泰的指示，專注於網前的搶網和攔截，當對方被迫把球挑到後場時，雄泰瞄準對方的女球手，躍到空中重殺過去，對手不是無力抵抗下丟分，便是勉強救起，然後被自萱補上一板封死，結果泰萱組合繼續以狂風掃落葉的姿態擊敗對手，順利闖入決賽，跟立星詠琴一隊爭奪冠軍。

同一時候，天俊在男單的準決賽中輕取對手，以不失一局的姿態打進決賽，他的決賽對手將是雄泰和永傑之間的勝方。不過，現在他已經可以坐下來欣賞這場男單準決賽，換言之，他擁有比決賽對手更充裕的休息時間，優勢明顯不過。

天俊悠閒地坐在長凳上，雙手交疊放在胸前，虎視眈眈雄泰跟永傑的比賽，心道：「你倆給我好好廝殺，兩敗俱傷後，讓我坐享漁人之利。為了鞏固我的隊長地位，這一面男單金牌，我志在必得！」

第十二章　戰鬥到底

明亮的燈管照射着偌大的場館，現場掌聲如雷，他們歡迎前隊長永傑的出場。正式比賽前，永傑和雄泰先禮後兵在場上握手，二人惺惺相識，臉上都掛着淺笑。

「雄泰你球技不賴，被球隊趕出來實在可惜，若然你能贏取冠軍，相信你或有機會重返球隊！可是我不會容讓你，我會盡全力爭勝，你得留神！」永傑道。

「能否重返球隊不重要，能夠跟師兄你較量，才叫我感到光榮！」雄泰道。

永傑點頭一笑。

雄泰緊握球拍走到發球位置，想起比賽前他在洗手間對着鏡子，以堅執的眼神盯着自己道：「接下來的比賽至關重要，我的體能已經下降，我要堅持守中反攻的戰術，切記毛躁！潘雄泰，你要戰鬥到底！」

*　　　*　　　*

比賽初段，雙方都在試探對方的球路，像在熱身似的，來回板數不多，而且得分都是來自雙方的無壓力失誤。

永傑深知雄泰打法積極進取，見球就重扣，把對手殺個片甲不留，現在他卻大打四方球，而且不少球都是些輕吊或半力扣球，令永傑一時適應不來，往往站穩陣腳準備迎接他的轟炸球時，雄泰卻來一記輕吊球，害他動彈不得，連連失分。

「雄泰怎麼變了控球防守型的打法？啊，我明白了，他要應付混雙及男單的比賽，故此為了保留體能而改變打法，那麼我不能再中招了。」永傑心道。

當永傑洞悉了雄泰的打法後，防守時便有了移動到網前的準備，他同時加強進攻的速度，把比分追近。雄泰避免夜長夢多，連忙加速及加強力量，打亂了永傑的節奏，結果連得四分，先聲奪人地以 21：17 拿下第一局。

自萱見到雄泰順利拿下第一局，放心地呼出一口氣。

「拿下第一局對雄泰較有利，希望他可以再下一城，闖進決賽！」維真道。

「雄泰一定要速戰速決啊！」小柯道。

第二局，永傑和雄泰二人爭持不下，雙方互有領先，雄泰繼續以控球的打法為主，但永傑已熟悉他的打法，故此先發制人，處處反控雄泰，令雄泰難以招架。來到局尾，永傑突然加速，連取幾分，以 18：14 分領先雄泰。

雄泰不想打第三局浪費氣力，故此決定改變戰術，欲以強攻扳回差距，他先進攻一板重扣；永傑球拍一揮，把球打回對方的空位；之後又輪到永傑進攻，雄泰把球防起來；然後又到雄泰躍起扣殺，這次永傑的防守質量下降，雄泰連忙上前封殺，可惜腳步慢了一點，羽毛球擊中網肚落網，雄泰失分。

之後，雄泰雖然搶得兩分，但最終還是以 17：21 輸掉第二局，雙方打成平手，要在第三局決一雌雄。

* * *

雄泰走到一旁喝水，自萱、維真、小柯上前鼓勵他，小柯道：「第三局要小心應付，一定要入決賽！」

「你別給師兄壓力！師兄，別想太多，正常心最重要。」維真道。

「你曾經說過只要不放棄，奇蹟一定會出現，你要記住啊！」自萱道。

雄泰放下水樽，舉起拳頭，道：「嗯，我不會放棄！」

決勝局於三十秒的休息時間後隨即開始，雄泰目光炯炯，決定改變打法，當對方送來後場球時，他旋即後躍猛力揮拍，扣殺如虎嘯震憾，氣勢磅礴；永傑一時反應不來，直接失分。

「啊，終於展現你最厲害的強項了嗎？哈哈，這樣的比賽才有意思！」永傑道。

之後，場上的節奏來了個突變，雄泰和永傑同時加速施展渾身解數，二人大打進攻羽毛球，每一球都是剛勁十足的重殺，球速奇快，二人在場上奔跑移動，更有不少飛身撲救的場面，比賽異常悅目精彩，所有觀眾都被這場大戰吸引住。

這一球雄泰輕吊網前，永傑把球拋到後場；雄泰機動地後躍扣殺，對方救起；雄泰再補一板更具殺傷力的扣殺，永傑側身勉強把球打回去；雄泰不手軟，再強攻一板，終於攻陷對方的防線，得分。

「嘩！」觀眾的歡呼聲不絕於耳，為這燦爛的一球喝采。

雙方打得異常集中，故此任何一方要取得一分也不容易，他們必須通過連續的進攻才有機會贏得一分，不過有時候進攻的一方會因為狂攻不下，而失手打出界外或打在網肚上。二人的比分相互遞增，鬥得難分難解，雄泰和永傑全速進攻，體力消耗龐大，點點汗水灑滿在賽場上，他們不時要求工作人員用地拖抹乾汗水，避免滑倒扭傷足踝。

自萱雙手合十，擔心地道：「雄泰在這場比賽耗費了好多體力，就算幸運地讓他贏出，之後他還是要應付混雙及男單兩場決賽，他怎能撐下去？」

「這如何是好？」維真無奈地攤開手。

「別想太多，我們一起叫雄泰加油吧！」小柯大聲喊，「雄泰，加油！」

「雄泰，加油！」自萱和維真拚命地喊口號。

*　　　*　　　*

這場男單半決賽已來到末段，比分是十八平手，這次雄泰發球，永傑重複把球撥到雄泰的右方網前；雄泰處於被動，勉強把球回到對方的後場；永傑再重複把球吊到雄泰的左方網前，雄泰失位，落後一分。

輪到永傑發球，他發的是一記高遠球，雄泰以半力殺球；永傑安全過度，但處於被動狀態；雄泰把球吊到對角網前，永傑回敬了一記搓球；雄泰始料不及，撲前

救起險球；永傑快速地後躍重殺到雄泰的身上；雄泰側身回擋，把來勢洶洶的來球擊回去；永傑快推中路，雄泰反推，二人在中半場大打平推球。

羽毛球「嘭嘭嘭」的在二人的球拍之間飛來飛去，令人目眩；永傑首先改變球路，把球吊到網前，雄泰把球推到後場；永傑再次扣球，又被雄泰化解；不一會又輪到雄泰進攻，但被對方回敬了一記恰到好處的網前球，雄泰失位，似乎無法救起。

「贏了。」永傑勝利在望地握緊拳頭。

「雄泰，不能輸啊，再輸一球便以 18：20 落後，讓對方拿到賽點便很難打了！」自萱的心快要跳出來。

永傑和現場所有觀眾都以為雄泰接不到這一球，誰料到他憑藉身長腿長手長的

優勢，以拍尖把球輕輕地拈回到對方的網前，回球竟不偏不倚地貼着網帶再滾落到對方的場區上，永傑欲救無從，雄泰得分。

「喝！」死里逃生的雄泰咆哮一聲，振奮士氣。

「嘩啊！」觀眾的讚歎聲響徹場館，他們以為雄泰這一分輸定了，怎料他在最後一刻發揮出不死的鬥心，反敗為勝。

「這一球真是妙到毫巔！有十個讚啊！」自萱舉起雙拳替雄泰高興。

在旁的維真和小柯也忍不住站起身，激動地揮拳大叫。

下一球，雄泰發一記網前球，永傑欲搶攻，回搓一記網前球；雄泰洞悉他急於搶攻，所以提早起動，一躍撲前將球狠狠的擒了下來，得分。

雄泰反超前對手，氣勢如虹，連忙發球，不讓對方有喘息的機會；永傑被打亂了，處於被動，只在應付對手排山倒海的一輪攻勢；雄泰見到機會球，左腳迅即後移一步，右腳側身向左後退一大步起跳，他的身體成弓字形，繞頭頂引拍殺球。

「喝！」雄泰大吼一聲，爆發出強大的臂力，「嘭」的一聲，羽毛球激射出去。

雄泰這一記劈殺對方的大斜角，羽毛球剛好擲中界線清脆落地，司線員示意界內球，裁判宣告雄泰得分，以 21：19 勝出。

自萱用手捂着嘴，本來還是落後的雄泰，就是因為剛才那記拼回來的滾網球，令他絕地反擊，繼而勝出賽事，他沒有食言，只要不放棄，奇蹟隨之出現。

「太好了，贏了啦！」維真叫。

「師兄於兩個項目都殺入決賽，真是冠絕一時！」小柯喜道。

經過三局的鏖戰，雄泰最終險勝師兄永傑晉身決賽，賽後二人走到網前握手，

體現體育精神。

「你作風頑強、拼勁十足，有些球我以為贏定了，怎料還是被你救起，反而令我失分，你這種永不言棄的戰鬥精神叫我甘拜下風！」永傑笑道。

「師兄言重了，我只是僥倖勝出！」雄泰道。

「才怪！羽毛球隊怎可少了你這一號人物？」永傑道。

「羽毛球隊沒有師兄你才是羽毛球隊的最大損失！」

二人識英雄重英雄，緊緊握着對方熱血沸騰的掌心，禁不住相顧大笑。

第十三章　患難見真情

「高級組混雙決賽第一次召集，請潘雄泰、韓自萱和宋立星、楊詠琴到3號比賽場地報到！」體育館的場地廣播道。

懶洋洋地坐在一旁的天俊瞄着立星，道：「不出我所料，雄泰於剛才那場男單準決賽已露出真功夫，體能已用去了大半，餘下的就靠你了。」

「放心，我會在這場決賽中耗盡他所有的體力！」立星笑道。

雄泰剛剛完成男單的比賽，連忙走到一旁吃香蕉和喝水，不一會，中央廣播再次發出第二次的召集訊息，雄泰便匆忙換上另一件乾爽的運動衣，拿起球拍隨着自萱走向比賽場區。

自萱一臉憂戚，忽然停下腳步。

「怎麼了？」雄泰問。

「男單決賽在半小時後便舉行，天俊一早已經坐在一旁休息，你卻還要比賽，這樣太不公平了，我們宣布棄權吧！」

雄泰瞇起雙眼，道：「絕對不要再像上次那樣不戰而降，而且我要包攬兩面金牌，這樣才算得上是傳奇！」

自萱揚起眼眉。

雄泰伸手拉着自萱的右手，巍然踏上那個魅力四射的球場去。觀眾見到又是雄泰的出場，連忙報以熱烈的掌聲，雄泰聽到現場的掌聲，不能置信地抬頭看着他們，人堆中還有同學向他揮手，大叫他加油，叫雄泰感到意外。

「他們支持你啊！」自萱喜道。

雄泰凝望着他的擁戴者，道：「一直以來歡呼聲都屬於天俊，其他同學都認為我是惡霸，不喜歡我，想不到現在竟然有人支持我。」

「觀眾的眼睛是雪亮的，你今天過關斬將，終於殺入決賽，任誰都能看出你對羽毛球的熱誠。」

「剛才我還感到疲累，可是聽到這些掌聲後，我好像充滿了力量！記着我們要貫徹前封後攻的打法，我們一定要贏！」

「是！」自萱大聲響道。

這是今天公開賽的第一場決賽，吸引了所有觀眾的注意，而這場決賽的陣容也是令人期待的，由前羽毛球隊的頂尖女球手詠琴對陣剛被逐出羽毛球隊的雄泰，他們在一年前還是混雙拍檔，現在卻倒戈相向，另一方面，自萱現時的混雙拍檔立星也站在對面場區作賽，這兩個交叉組合同時殺入決賽實是公開賽舉辦以來的首次。

比賽開始，先由對方的女子球手詠琴發球，雄泰將球撥回到她的身前；詠琴轉

線一擋，自萱向左移動及時封住來球；立星被迫回擊一記後場高遠球；雄泰躍起大力高壓扣殺，「呯」的一聲，羽毛球打在立星和詠琴的中間位置，得分。

「喝！」自萱跟雄泰同時大叫一聲，擊掌振奮士氣。

之後，詠琴加強網前攻勢，迫使自萱將球打到後場；立星進攻，自萱連忙後退跟雄泰並排單邊防守；立星追擊自萱，她卻半蹲下來把兇猛的殺球擋回到對角網前；詠琴在網前以反手撲打，羽毛球再次追着自萱飛來；自萱側身舉起球拍，變線將球擊回到直線的無人地帶；立星連忙跑過去救球，但質量太差；自萱見到網前的機會球，上前欲大力封殺來球；詠琴及立星站穩陣腳準備接球，但自萱最後只是用拍面輕輕擦了球面一下，羽毛球便輕飄飄的墜落到對方的網前，立星二人完全反應不來，原來自萱運用假動作，成功得分。

「自萱，這一球全由你一手包辦，厲害！」雄泰叫道。

自萱舉起拳頭，激勵自己一下。

之後，自萱在網前利用不同的進攻節奏和突然改變球路的打法，令對手措手不及，泰萱組合一下子將比分拉開至三分的距離。自萱連連得手，雄泰不斷為她助威吶喊，除了鼓勵隊友之外，更能挫敗對方的士氣。

詠琴經驗豐富，知道自萱經常利用假動作迷惑對手，故此她故意延遲出手動作，結果成功救起自萱的吊球，阻止對方順暢的搶分氣勢。

詠琴自恃自己是球隊的大師姐，見到自萱在網前威風八面，所以決意要跟她比一比網前球技。兩位女球手在網前大鬥法，誰都不肯起高球，詠琴回了一記網前球；自萱反手將球打返到對角網前，詠琴再次輕輕一點，把球擋回；自萱見來球較高，右腳踏前一步快如流星地撲前揮拍，一劍封喉，得分。

自萱發球，詠琴堅持回擊網前短球；自萱向前衝攔封來球，令立星處於被動將球回擋；雄泰撥一記後場大對角；立星反手過度到對角網前，自萱飛身上前揮動球

拍，反手擊出一記直線球，攻其不備，得分。

混雙的比賽節奏和進攻機會，全由網前的女球手操控，而自萱東閃西撲，身法快如鬼魅，表現猶勝詠琴一籌，而對方越是專注於網前跟自萱比拼，便越能減輕雄泰的壓力。

自萱的進攻千變萬化悅目華麗，不少同學竊竊私語，在討論着自萱的來歷。

「那個十分矮小的女球手叫什麼名字？打得如此好，竟把大師姐詠琴比下去！」一位束馬尾的女生道。

「她叫韓自萱，中四生，是校隊成員，混雙拍檔是立星，不知怎麼今天卻跟雄泰合作打球，而立星反而在對面場區跟她對賽，真古怪。」另一位胖子道。

「不，據說在雄泰未被逐出球隊前，自萱已經跟雄泰是一對的，而自萱不理球隊的反對，堅持要跟她的前拍檔打球！」一位戴眼鏡的男生道。

「啊，有情有義啊！」現場觀眾議論紛紛。

詠琴被自萱打得一團亂麻，額角冷汗直冒，跟立星對望着，不知所措。

「自萱的網前功夫太厲害，我們嘗試防中反擊的戰術吧！」立星跟詠琴耳語。

「可是雄泰的進攻也不易應付。」詠琴道。

「雄泰打了這麼多場比賽，體力不可能維持太久，我們不妨孤注一擲，以消耗他為主要戰略！」立星道。

「嗯，好的。」詠琴深呼吸一下，鎮定情緒後再次投入比賽之中。

琴星組合見網前取不到任何優勢，決定改變戰術，當詠琴見到自萱欲上前封網時，她隨即改變方向擊出一個平高球，弧度剛剛高過自萱；自萱撲空，雄泰一時也反應不來，勉強把球回擊；立星見到機會球，即時揮拍狙擊自萱，自萱連忙蹲下閃

避。

「呯」的一聲，羽毛球狠狠的打在自萱的額頭上。

「你怎麼了？」雄泰上前緊張地慰問。

自萱的額頭登時紅起來，痛得她差點掉眼淚，雄泰兇狠的望着立星，喝問：「你是打球還是打人？」

「不好意思，不小心啦！」立星假惺惺的舉手道歉。

「你從前便是這……」雄泰握緊拳頭踏前一步。

自萱伸手攔住雄泰，輕道：「他的目的就是要激怒我們，情緒起伏大自然打得不集中，現在我們只要保持這個領先優勢，勝券在握，不必跟他一般見識！」

雄泰意外地張開嘴，心情頓時平和下來；自萱向立星揮揮手，表示沒有問題。

比賽繼續，琴星組合為了避開網前的自萱，故意挑高遠球讓對方進攻。雄泰雖然已經打了好幾場比賽，可是休息一會後，他便如一顆再次充滿電量的電池，重扣勢如破竹，加上線路繁多，叫對手吃不消。就算一板殺不死對手，站在網前的自萱動若脫兔，總能抓住機會再補一板封死對方。泰萱默契十足，完美地演繹後攻前封的超強打法。結果，泰萱組合以21：14的分數先贏第一局，雙方有一分鐘的休息時間。

雄泰跟自萱走到一旁休息，自萱見到雄泰汗如雨下，一口氣「呼嚕呼嚕」地喝下整瓶水，不禁感到擔心，心道：「立星他們故意挑高球讓雄泰進攻，這樣會消耗他好多體能，之後他怎麼打男單決賽呢？」

另一邊廂，詠琴見到己隊處於劣勢，跟立星道：「守中反攻的打法不是好方法，看來我們要調整一下戰術。」

「你看不到剛才那局的末段嗎？雄泰重殺的力量已經下滑，只要我們多打對

角，讓他撲來撲去，他必然熬不下去。」立星笑道。

「嗯，好吧，繼續這樣打吧！」詠琴道。

第二局開始，琴星組合決意繼續消耗雄泰的體力，一連數球，琴星都是放高遠球，雄泰的殺球力量已經下滑，琴星趁機將他的扣殺反抽到他的大對角，令雄泰狼狽地奔到對角救球。自萱在網前能觸球的機會越來越少，他們以二打一，孤立自萱，專攻雄泰。

詠琴和立星擊出的高遠球弧度高，並且來到底線前垂直落下，迫使雄泰在底線前進攻，大大削弱他的攻擊威力，更有利他們守中反攻，場上的比分漸漸被琴星組合領先，泰萱組合越來越難取得主動得分。

這一球再被對方反攻得分，自萱走到雄泰的身邊道：「你這樣攻下去對你十分不妙，我們轉換節奏打防守戰吧！我不怕立星的進攻，可以一試。」

「他們分明就是打守勢戰術，他們未必肯攻的，再堅持一會。」雄泰道。

下一球，詠琴見到雄泰躍起殺球，已做好準備並以反拍打向直線位；自萱亦洞悉先機，不再讓雄泰一個人守住整個後場區，她連忙後退，及時攔阻了詠琴的反擊；球輕輕的墜落到網前位置，立星飛身救球；自萱也飛快地撲前封網，卻被詠琴擋回到後場；雄泰踏前一步舉板扣殺，以為是贏定的球，怎料雄泰腳步慢了半秒，轟中的球「呯」的一聲掛在網帶上，失分。

「唉。」雄泰仰起臉感到十分惋惜。

自萱上前輕拍他的肩膀一下，她知道雄泰體力下降，連速度也減慢了，因此才打不中剛才那個機會球。雄泰再這樣徒勞無功的狂攻下去，不但會令他們失去這一局，甚至會遭對手逆轉，連第三局也拱手相讓給對方。

琴星越打越順暢，立星再次調動雄泰到兩大角，自萱忍無可忍，提早起動後退，搶了雄泰的進攻位置，她先撇吊一板對角網前，再急步上前，瞥見對網的立星輕搓一板，她順勢勾一個對角網前，她的球剛好貼着網頂而過，再掉落到無人地帶，得分。

「喝！」自萱激動地大喊一聲。

泰萱組合太久沒有得分，這一球正好將二人消沉的士氣提上來。

「這一分由你一手策動及進攻，厲害！」雄泰道。

「多得你平日對我訓練有素，而且我們是拍檔，我們要互相補足，請讓我替你分憂，我可以在後場進攻，你可以在前場封網。」

「啊？」雄泰以為對手會迫自萱到後場區進攻，從而削弱他們的威力，想不到對手窺準他體力下降的時機，一直迫他在後場對他窮追猛打。

「我經歷過嚴峻的訓練，力量亦加強了，難道你不相信你的培訓成果？」自萱

問。

雄泰抿嘴一笑，道：「這就叫養兵千日。」

雄泰發球，二人沒有再像之前那樣換回他們最強的陣式，反而雄泰守在網前，自萱則留在後場區。一時間，琴星並未察覺到對手在站位上的轉變，詠琴依舊把球挑到後場讓對手進攻，自萱來一記快速劈吊直線球，詠琴上前把球挑到對角後場；自萱跑到對角，豁盡全力正手突擊殺向對方的中路位置；「鏗」的一聲，詠琴和立星同時揮拍接球，二人的拍面撞擊了一下，回球質量欠佳；站在網前的雄泰如飛天將軍般躍起舉拍準備把球擒下；詠琴見到他氣勢洶洶的，連忙蹲下保護頭頂，立星也擔心他報復，立即避到一旁；雄泰剛才在後場區一直攻不下，此刻將一股怒氣全部傾瀉出來，大拍一揮，「巴唧」一聲，羽毛球石破天驚的打在地上，差點連地板也打碎。

「喝！」雄泰如巨人般站在網前咆哮，叫琴星二人談虎色變。

琴星組合以為自萱的後場進攻能力一般，故此繼續挑高球讓她進攻；自萱自知她不是那種重力扣殺型的球手，進攻時便選擇多變的球路，如劈吊、輕吊、攔吊及正手殺球，真真實實輕輕重重，使對方難以捉摸；加上雄泰身高超出網頂，站在網前氣勢磅礡，只要對方的回球稍為不夠弧度，便會立即被他一板沒收，為對方帶來壓力，故此場上的形勢頓時逆轉，泰萱已經反超前對手一分。

泰萱組合兵行險招，以他們最弱的陣式對賽，卻成功取分，證明這個組合不是只有一種作戰模式，就算自萱被調動到後場，他們一樣所向披靡。

久守必失，琴星不能坐以待斃，故此再次轉換戰術，改為主動進攻，由立星在後場負責進攻，詠琴在前面封網。雄泰見到對手加速搶攻，決定以其人之道還施彼

身，挑出一記弧度高及接近後場的高遠球到立星的反手位，泰萱二人則轉變為單邊防守；立星重力揮拍，對着自萱大力砍殺下去；自萱右移一步，反手將他的殺球推到立星的對角位置。

「哼，這次輪到你兩邊撲了！」自萱心道。

立星大吃一驚，想不到自萱的防守如此穩健，他狼狽地飛身撲到右邊場角救球，可是球未能過網，再掉一分，泰萱組合以 19：17 分領先，還差兩分，泰萱便得到混雙冠軍的寶座。

立星一臉愕然的坐在地上，被自萱的反擊打得失魂落魄。

「真要多謝他和德昌之前給我的訓練，讓我熟讀了他的球速和路線。」自萱道。

「哈哈！」雄泰大笑。

自萱忽然領悟到她的人生就像這場球賽，她一直被人追擊，而她必須頂得住這些攻勢，如能連消帶打，最終撐不住的反而是策動進攻的一方。

立星的進攻啞火，琴星組合已窮途末路，泰萱亦換回原本最強的男攻女封的模式，體力稍為恢復的雄泰連續兩板殺向喪失鬥志的立星身上，順利以 21：17 勝出賽事。

當裁判宣布泰萱組合勝出比賽的一刻，雄泰和自萱歡喜得拋開球拍，擁抱在一起，喜極而泣。

「自萱，你的發揮實在太耀眼了，你球技全面，更在適當的時候提醒我，還讓我冷靜下來，沒有你，這場比賽不可能勝出！」雄泰道。

得到雄泰的肯定，比起任何東西還要矜貴，自萱感動得以雙手捂着嘴，無言以對。

就在這時，小柯和維真衝到場上，興奮地包圍着他們。

「恭喜你們吐氣揚眉，擊敗對手取得金牌！」維真道。

「你們實在打得太好了，真是天衣無縫的一對！」小柯道。

雄泰跟自萱一聽，禁不住相顧而笑。

這一面金牌，讓自萱銘心刻骨的，除了是剛才那場驚心動魄的較量外，還有一路上那迂迴曲折起起伏伏的經歷，幸好，她有雄泰這位好拍檔，兩個人互相扶持共度患難。這些苦難挫折沒有擊倒他們，反將他們磨練成鋼，他們不理會別人的肆意抨擊，不會輕易放棄自己亦不作無謂的報復，牢牢的將目標鎖定在羽毛球的願景上，堅執的意志不但支持着他們克服種種試煉，更讓他們嘗到成長的喜悅。

第十四章　打出一片天

在一所豪華貴麗的屋子裏，牆上掛着一幅一幅的油畫，天花吊着水晶燈，入牆櫃放滿琳琅滿目的古董玩物，滿室生輝。

一位男生穿着小學校服，手腳在發抖，垂頭對着坐在大班椅上的媽媽。

媽媽拿着孩子的成績表仔細閱讀，她一臉不屑地道：「天俊，你怎麼考了個第二回來？」

天俊的頭垂得更低，顫抖抖地道：「我……我已經……盡了力。」

「我要的是第一！你記着，你是最優秀的，所以你不可以讓其他人超過你，下一次，你一定要迎頭趕上，將第一搶回來，知道嗎？」媽媽聲色俱厲地道。

*　*　*

天俊眨一眨眼睛，眼前是雄泰跟自萱等人慶祝勝利的情景，他的腦海卻回到小學六年級的時候。他深深歎息，想到自己的媽媽從小就向他灌輸做什麼都要第一的想法，故此他一直努力做好自己，不想令媽媽失望。

「立星真是不堪一擊，說好了要消耗雄泰的體力，卻被對手直落兩局橫掃，真是沒用。」德昌道。

「哼，雄泰也只能開心到現在，下一場的男單決賽，我會將他打垮！」天俊脫去風衣，在旁做熱身準備比賽。

另一邊廂，維真小柯圍着雄泰團團轉，維真用冰袋替雄泰敷手臂，小柯則替雄泰搥肩。

「謝謝你們！」雄泰道。

自萱拿着裝滿清水的水樽走到雄泰的跟前，將水樽遞給他，道：「比賽要開始了。」

自萱拿起雄泰的球拍，珍重地將它交到雄泰的手上，道：「真慶幸這塊球拍的主人沒有放棄它。」

雄泰抿嘴一笑，道：「除此之外，我應該慶幸有你們的支持，雖然這是一場單打比賽，可是我不是一個人在作戰。我答應你們，只要我還有一口氣，我都會拼下去！」

雄泰首先伸出右手，其餘三人連忙伸出手擊在雄泰的手背上，四個人的手疊在一塊，就像心意也連繫成一線。

比賽前，雄泰和天俊按照規定先禮後兵，二人握手時，雙方都眼射怒火，未正式比賽，已經硝煙瀰漫。

「男單冠軍的殊榮從來都不是非羽毛球隊成員的囊中物，今天我亦不會讓你得

逞！」天俊道。

「你害怕不能捍衛羽毛球隊這優良的傳統嗎？」雄泰問。

「嘿，這個上午你很忙碌吧！你一直在混雙及男單兩個項目中不斷作賽，而剛才的混雙決賽已暴露了你體力下降的缺點，我還怕你什麼？」

雄泰雙眼一睜，問：「難道這個比賽時間表是你一手安排的？」

天俊冷笑一聲，道：「就讓觀眾見證羽毛球隊隊長柳天俊如何將你徹底擊潰，我會告訴所有人知道，球隊裏有沒有你都沒有任何影響！」

雄泰眼角揚起，道：「由始至終，你都害怕我這個對手！你一直擔心的噩夢，我會讓它實現！」

比賽開始，天俊先挑對方後場兩大角，再吊雄泰的網前，以四方球的防守型打法為主；雄泰明知對方的打法，故此已做好打持久戰的心理準備。

「天俊的防守能力很好，我不能隨便殺球浪費體力。」雄泰心道。

雙方的分數交替遞增，二人都打得保守，大部分都是拉拉吊吊，每一分都要經過數十回的來回球才能分出勝負。

來到局尾，雄泰避免夜長夢多，決定加速，期望一舉拿下第一局。他大吼一聲，猛地向着對手把球轟下去；天俊做好準備，將他的進攻擊回去；雄泰繼續狂攻猛炸，倒海翻江的進攻叫人摒住呼吸；天俊咬緊牙關，統統將來球打返到對面場區；雄泰不服氣，再次扣殺，但要求過高，把球打到界外去，失分，雄泰以 18：19 落後。

「喝！」天俊防守得分，興奮得舉起拳頭，對着雄泰大叫。

之後，雄泰再次發動進攻，連續三板重殺下去，可是全被天俊救起，最後雄泰一時心急，把球打到網肚，再失一分。

「糟了，天俊的防守有如水銀瀉地，雄泰連續兩次主動進攻失誤，輸分數又輸氣勢。」小柯擔心地道。

「雄泰師兄，加油呀！」維真道。

自萱緊閉雙唇，緊張得說不出話。

天俊繼續發球，雄泰搓球到對方網前；天俊挑一個後場高球，雄泰後退輕吊網前；天俊重拔一個對角網前短球，雄泰跨出一大步把球挑高；天俊後退，正手撇殺對角網前，雄泰捉錯用錯守着直線，回身去救對角球時已經太遲，結果無法救起來球，失分，以 18：21 輸掉第一局。

贏出第一局後，天俊抬頭對着觀眾高舉左手，一臉飛揚跋扈。

第一局失利後，雄泰失望地呼出一口氣，當他走到場邊休息時，自萱、小柯和維真走到他的身邊，可是三個人默不作聲，因為他們都知道雄泰需要冷靜一下，故此他們只是靜靜地遞上水壺和毛巾。

雄泰取過毛巾蓋着臉龐，道：「第一局的失利是因為我太大意，而且我打得太保守，輸了第一局不代表我會再輸第二局，接着我必須集中精神，此外，我該如何打下去？」

休息時間很快便過去，裁判示意第二局比賽即將開始。

「想到反敗為勝的良策了嗎？」自萱輕問。

雄泰怔怔的望着自萱，張開嘴又合攏，然後拿起球拍默默地走進球場去。

「師兄似乎還未想到破敵的方法，這如何是好？」維真苦惱地問。

自萱一籌莫展地望着維真。

第二局的決鬥開始，天俊恃着先贏第一局的氣勢，打法上變得積極主動，期望再下一城贏出比賽；另一方面，雄泰亦加速，全力進攻，一時間雙方的攻勢連珠炮發火花四濺，叫在場每位元觀眾心跳加速脈搏奔騰。

二人在場上拚命廝殺，體力消耗龐大，雙方的主動失分亦增加了，因為由攻變守最容易出現失誤，二人的分數十分接近，只是天俊一直保持領先的優勢，雄泰始終無法在比分上反超前對手。

鬥至局尾，二人仍然保持着轟炸式的對攻場面，天俊先來一板重扣，被雄泰救起把球送到對方網前；天俊躍前把球挑到後場，雄泰後躍，用力揮拍，以一記重扣回敬；天俊以反手把球擊回去，雄泰大喝一聲，豁盡全力，再次扣殺下去；天俊奮力迎救，勉強把球救起；雄泰再加力進攻，這次追着他的身體劈殺下去；天俊側身，球拍移到身後，從背後救球；雄泰意料不到，上前再補一記重板時，卻不小心將球打到網肚，失分，以 17：19 分落後。

「嘩呀！」天俊大喊三秒鐘，士氣高昂。

「嘩啊！」這一球看得現場觀眾津津樂道，雄泰連攻三大板已經打得十分漂亮，想不到天俊竟然以後手救球的絕技反贏對手，神乎其技得叫所有人瞠目。

「好呀，還差兩分，天俊便奪得金牌了！」德昌道。

「天俊形勢大好，一定要一鼓作氣擊敗雄泰！」立星道。

雄泰有點心灰意冷，他猛地摔一摔頭腦，告誡自己必須冷靜，雖然現在的形勢岌岌可危，但是只要比賽還未完結，他都有權反勝，所以他不能因此失去信心。

「我本想以強攻摧毀對手，可是現在我的體力不繼，重殺力量大減，加上天俊的防守能力太堅固了，這樣打下去不會有好結果……剛才自萱問我有什麼良策，這個良策到底是什麼？」雄泰疑惑地望着場外的自萱，而自萱正愁腸百結地看着他，

二人遙遙相對，忽然間，雄泰靈機一動，喃道，「天俊確是打得好，要贏他，我必須打得比他更好！」

比賽繼續，天俊發一記後場高球，雄泰劈殺一板對角；天俊反手回擊，雄泰再推他的左手後場；天俊身體仰後把球吊到網前，雄泰再輕撥一記網前球；天俊躍前勉強把球打到對方的後場；雄泰大力揮拍，追着對方的身體抽擊；天俊靈敏地移步將球搓到網前，雄泰延遲出手時間，還做了一個搓網的動作，天俊立即向前撲網，雄泰卻在最後一刻變換手型，將直線搓球變為勾出一個對角，天俊錯捉用神，只有望着球掉在地上的份兒。

「喝！」雄泰發一聲喊還以顏色。

雄泰對着場邊的自萱打一個眼色，自萱嫣然一笑。她記得這個勾球是雄泰當日教她的，雄泰本身較少運用這種靈巧刁鑽的打法，但是他為了讓自萱以柔制剛、出奇制勝，他才練習這種技巧。想不到他此刻強攻不下，運用這些技巧反而得到良好的效果。

下一球，天俊為了搶分，決意加強攻勢，他求勝心切，執意地以強攻追擊，誓要直落兩盤擊敗雄泰。他連續重殺三板，一球殺中路、一球殺左邊邊線、一球殺右邊邊線；雄泰左右兩邊飛身撲救險球，處境被動，最後更奮不顧身撲倒地上救起一球，可惜回球太高，給對方一個得分的機會。

「受死吧！」天俊如猛虎般撲前揮拍把球重殺下去，心想這球十拿九穩要拿下了。

「糟糕！」自萱的心緊緊揪住，想到雄泰再輸一分便大勢已去。

維真和小柯也驚慌得掩着嘴巴。

躺在地上的雄泰來不及站起來，但他不服輸，在千鈞一髮之際，他竭盡所能地

舉拍一擋。

「蔔」的一聲，羽毛球打中拍面再反彈到對面場區去，天俊大驚失色，轉身看着球掉落到他的場區上，雄泰得分，將比數追至十九分平手。

雄泰這一記神球，將不可能變為可能，叫所有觀眾的下巴都落下來。

「好呀！」自萱、維真開心得抱在一起，小柯則興奮得手舞足蹈。

雄泰氣勢如虹，叫天俊膽戰心驚，他的額角冒着豆大的汗水；雄泰連忙發球，不讓他有喘息的時間；天俊腦海一片混亂，依舊盲目搶攻；雄泰模仿自萱那樣半蹲下去舉拍把球擊回去，在危險關頭化解了天俊的攻勢，結果天俊回球落網，讓雄泰反超前對手 20：19 分。

天俊一臉木然地看着計分牌，明明一直領先的他，在最後關頭竟被對手反超前，他除了感到焦急之外，更感到沉重的壓力，面前的對手好像擁有金鐘罩一樣，

怎麼打都不肯倒下來。

下一球，雄泰運用自萱那種結合快慢節奏的打法，一時擺短、一時放長，然後再來一記追身殺球，令失魂落魄的天俊束手無策，結果再輸一分，雄泰在第二局以21：19從後反勝天俊，追成局數一比一平手。

「雄泰追回一局，太好了！」自萱高興得高舉雙臂。

「剛才看雄泰打球，令我想起自萱那種細膩的技術，你們二人好像合二為一，太厲害了！」維真道。

自萱低頭一笑，想到本來是一剛一柔的兩個人，經過互相調和之後，就變成如太極拳中所強調的剛中有柔，柔中有剛的境界，威力無窮。

第三局決勝局展開，天俊沿用第一局穩守突擊的打法，不是推雄泰的兩邊底線，便是先壓住他的底線，大打離網球路，令雄泰無法施展如第二局尾段那些變化多端的網前球技；雄泰的打法被限制後，令他失去了比賽的節奏，一息間被對方領先了三分。

「第二局我太心急了，一味急攻猛搶，想不到雄泰鬥志頑強，在輸波邊緣絕地反擊扳回一局。來到第三局，我不容有失，要保持頭腦清醒！」天俊心道。

雄泰索性跪下來繫鞋帶，因為他需要冷靜一下，思想如何破解受壓的情況，否則分數再被拉開便很難追回。

「我的重心偏向前場，既然他故意壓我的底線，我的位置便要靠後一點，而且還要配合我的重殺，令他知道這種打法對我無效！」雄泰站起來，決定背水一戰。

下一球，天俊還是壓制他的頭頂位置，但早有準備的雄泰猛地向後躍起，豁出全身力氣，大力揮拍殺一記直線球；天俊冷不防對方在體力不足下，仍然夠膽起板

重殺，加上他扣殺的角度刁鑽，令回球落網，失分。

之後，雄泰運用高吊及快吊，繞亂對手的防守陣線，加上他已熟悉天俊在四個角落上調動他，令他在走位上更加得心應手；相反，雄泰主動進攻時，除了攻擊他的四角位置外，還打天俊的中路及左右兩邊場區的中路，總共七個位置，令對手疲於奔命地在場上走動，雄泰趁機殺他一個措手不及，故此雄泰很快便將落後的分數扳回來。

「雄泰已經連續打了好多場比賽，怎麼他還有體力跟我周旋？怎麼他的精力還能保持高度集中？」天俊的意志不斷動搖。

天俊以為找到令對方難受的打法，怎料對方還是將被動的局面轉為主動，而且他總是在領先時反被對手超前，對於天俊來說，越來越難打的人反而是他。相反，雄泰心情亢奮，儘管身體四肢疲憊得好像背着十噸重的鉛鐵，但他已進入渾然忘我的狀態，加上他有自萱等人的支持，令他的意志更加堅定，一心一意要奮戰下去。這場龍爭虎鬥已叫二人的體能消磨得七七八八，現在根本不是比體力，而是比心理，誰頂得住壓力，誰就是最後的贏家！

天俊再以拉吊的打法來消耗雄泰，雄泰被迫四處奔走，處於捱打的狀態，但每次都及時把球救起；當天俊壓住他的反手位時，雄泰咬緊牙關，以反拍擊出一個直線球；天俊始料不及，回球質量欠佳；雄泰見到機會球，發一聲喊，大板扣殺，天俊本能地防起重扣；雄泰繼續一板一板地扣殺，一直衝到網前，劈波斬浪般重殺下去，迅猛得叫天俊俯首稱臣，結果雄泰再取一分，以 16：13 領先，形勢對雄泰十分有利。

天俊無計可施，再次變速加強火力進攻，作最後反撲；雄泰見到天俊一心要搶分，於是做好防守的準備，心知若能成功守中反攻的話，天俊就會宣布投降。

天俊豁出去，加強抽殺的力度，打法極具侵略性，連續數板躍起鞭殺來球；雄泰勉強頂住；天俊再來一記追身殺球，雄泰蹲下，擊出一個弧線球越過天俊，落到底線，雄泰得分。

「喝！」雄泰握緊拳頭怒吼。

天俊倒抽一口涼氣，隔着球網望着雄泰，感到對方就像銅牆鐵壁，憑他如何賣力也無法攻破，天俊的信心已沉到地上。

接下來，雄泰的進攻更加變化多端，他一時點殺、一時吊殺、一時切殺、一時追身殺球；天俊意志消沉，失誤頻頻，已無反搏之力，比分越拉越遠，雄泰勝券在握。

「雄泰贏定了！天俊的意志太薄弱，他明明擁有絕對的優勢，可是連續被對手反超前後，他便一蹶不振，這場比賽是他自動放棄的！」維真道。

「真好，雄泰師兄終於復仇成功！」小柯道。

自萱目光柔柔，望着場上的雄泰道：「我想雄泰能夠勝出這場比賽，絕非因為他要復仇，他的鬥心來自他的信念，他曾經失去這個羽毛球夢，現在只有這次機會，故此不顧一切的拼了。」

維真和小柯一聽，異口同聲地道：「不錯！」

最後一分，雄泰躍起，身體後仰，拉長腹肌和胸肌，球拍往後方擺動，騰空時再急速帶動前臂揮拍，他吼出聲來，閃腕以爆發力猛烈地擊球，這一記重殺雷霆萬鈞；站在對面場區的天俊呆了，沒有任何反應，羽毛球飛射到他的身邊，「呯」的一聲打在地上再飛出場外，雄泰得分，以 21：13 結束這場漫長的男單一役。

雄泰勝出後，隨即躺在地上攤開雙手盡情休息，他大口大口的呼吸，感到四肢疲憊得不屬於他一樣，他看着天花上的光管，不能相信自己真的獲得了這面男單金牌。他的眼前掠過點點滴滴的回憶，過去的他剛愎自用，自卑又自大、孤單又寂

寞，但認識到自萱、維真和小柯之後，他的人生變得不一樣，這些轉變讓他堅守信念，最終披荊斬棘勇奪冠軍。

雄泰坐起來，看到自萱、維真、小柯向着他跑過來，幾個人亂作一團將他抱得緊緊。

「謝謝你們！」雄泰哭笑不得，道，「自萱，如果沒有你，我不可能逆轉這場比賽。」

「不，這完全是靠你打不死的精神贏回來的！」自萱道。

「你今天過關斬將直搗黃龍，已成我的偶像！」維真道。

「哈哈！」自萱跟雄泰相顧而笑。

良久，自萱等人站起身並扶起雄泰，雄泰快步上前逐一跟裁判和天俊握手。

天俊垂頭喪氣地站在球場上，懊惱地道：「身為校隊第一男單的我竟然輸了，之後的日子，我該如何自處？」

想到這裏，天俊忍不住掉下男兒淚。

雄泰上前，見到他傷心欲絕的樣子，主動握住他的手，道：「勝負只是一線，記住『勝不驕敗不餒』。」

天俊怔住，想不到雄泰不是諷刺他，反而鼓勵他。

「球場上有競爭對手，應該值得高興，無敵有什麼好玩？」雄泰道。

「你……你不恨我嗎？我害得你這麼慘？」

「什麼？」雄泰轉臉望着後面歡聲笑語的自萱、維真和小柯三人，他頓一頓，道，「不，我是賺到了才真！」

人生必有起伏，沒有任何試煉，如何靠雙手打出一片天？雄泰想到這裏，忍不住抿嘴一笑。